KB079263

포효

포효

살면서 한 번쯤은
짐승처럼

박민식 지음

좋은땅

목차

사람이 진짜 이겼을 때

변호사가 되는 건 어렵습니다. 눈이 보이지 않는데 싸우는 건 더 고단합니다. 이들을 합친 것보다 더 힘든 건 마지막까지 흔들리지 않고 신념을 지켜 내며 자신의 방식대로 이겨 내는 것입니다.

드라마 〈데어데블〉의 주인공 이야기인데요. 데어데블은 주인공인 변호사 '맷 머독'이 자경단 활동을 할 때의 이름입니다. '피터 파커'의 활동명이 '스파이더맨'인 것과 같은 맥락이죠.

'맷 머독'은 8살 때 화학 약품이 눈에 들어가는 사고로 시력을 잃습니다. 그러나 시각을 제외한 나머지 감각이 너무 발달해서 악당들과 싸우는 것도 가능하고 로스쿨을 높은 성적으로 졸업하여 낮에는 평범한 척 변호사 일을 하며 자경단 활동을 숨기는 것도 가능합니다. 아무리 그래도 어떻게 상대와 싸우는지 감이 안 잡히신다면 심장 박동 소리로 머릿수와 위치를 예측하고 상대의 관절이 움직이는 소리를 듣고 주먹을 피한다고 보면 됩니다.

여러분이 알고 계시는 슈퍼히어로의 능력들 중 가장 처절하고 매력적인 능력이죠. 그런 그에게는 신념이 하나 있어요. 아무리 악질이라도 절대 죽이는 건 안 된다는 것입니다. 살인범이라도, 마약사범이라도, 전범이라도, 강간범이라도, 테러범이라도, 범죄 행위 중 자신의 얼굴을 봤다는 이유로 어떤 일가족에게 총알을 박아 넣은 쓰레기라도 인간이라면 일말의 선함은 남아 있기 마련이니 죽이는 건 절대 안 되고 어떻게든 살아서 법의 심판을 받게 하며 기회를 주어야 한다는 것이 그의 철학입니다. 그에게 사적 제재란 범죄자가 더 수월하게 재판을 받게 하기 위한 수단일 뿐입니다. 주먹이 가까울수록 법도 가까워지는 거죠. 머독의 이 생각은 시즌 2의 3화에서 '프랭크 캐슬'이라는 인물과 철저히 대치합니다. 옥상에서의 설전은 마치 영화 〈남한산성〉의 '최명길'과 '김상헌'을 보는 듯 압도적이니 그 부분만 따로 한번 찾아보시는 것도 좋겠습니다. 개인적으론 캐슬의 생각에 동조하시는 분들이 훨씬 많을 것 같긴 합니다.

그리고 드디어 데어데블 앞에 뉴욕 갱 중의 왕이자 그의 숙적인 '킹핀'이라는 인물이 나타납니다. 긴 싸움 끝에 드디어 킹핀은 데어데블 앞에 무릎을 꿇습니다. 킹핀이 말합니다. "난 네가 사랑하는 사람들을 끝까지 쫓을 거고 세상에 너의 정체를 알릴 것이다. 날 가둘 수 있는 감옥은 없다. 날 죽여라." 데어데블이 답합니다. "널 정말 죽이고 싶지만 죽일 수 없다. 너를 죽이는 것

때문에 내가 무너질 수 없다. 넌 감옥에 갇혀 비참한 생을 마감할 것이다. 넌 이제 너의 연인과 함께할 수 없다. 넌 이 도시에게 졌고, 나에게 졌다."

데어데블은 이 말을 하면서 거의 울부짖습니다. 포효를 합니다. 처참하게 포효를 하며 너는 나에게 졌다고 말합니다. 무슨 일이 있어도 사람을 죽이는 것은 안 된다는 주의를 끝까지 지켜 내며 이겼기에 그는 결국 마지막에 포효를 합니다. 사람이 '진짜' 이겼을 때는 웃거나 우는 것이 아니라 포효를 하나 봅니다.

우리 살면서 지켜 내고 싶은 것이 생겼다면 끝까지 지켜 내어 이깁시다. 그리고 살면서 한 번쯤은 짐승처럼 포효해 봅시다. 한 번쯤은 진짜 이겨 봅시다.

도로 한복판에 쓰러져 있는
아이를 구하기 위해
빨간불을 건너야 한다면

전쟁이 났습니다. 뉴스에선 곧 핵전쟁의 가능성에 대해서도 보도하고 있습니다. 동원령이 선포되고 국민들이 징병됩니다. 건물을 부수고 민간인들을 공격합니다. 몇십 년 전 얘기가 아니고요. 2022년에요.

소련을 포함한 동구권에 공산주의가 확산되고 있었습니다. 이를 견제하기 위해 서구권에서는 북대서양조약기구(NATO)를 설립합니다. 또 이에 대항하기 위해 공산권 국가는 바르샤바조약기구(WP)를 만듭니다. 냉전 기간 동안 그렇게 대치합니다. 곧 공산주의가 무너지며 소련이 해체됩니다. 바르샤바조약기구도 없어졌겠죠. NATO는 해산하지 않았습니다. 해산하지 않고 오히려 동진하죠. 푸틴은 이때부터 불만을 가졌던 모양입니다.

NATO 가입국과 러시아 사이에는 NATO에 가입하지 않은 국가들이 있습니다. 그중에 우크라이나가 있어요. 우크라이나는 두 진영의 완충 역할을 합니다. NATO는 우크라이나의 가입을 긍정적으로 생각하고 있었죠. 약속도 합니다. 푸틴의 불만은 커져 갔죠. 우크라이나의 젤렌스키 대통령 또한 NATO에 가입하려고 끊임없이 움직였습니다. 보다 못한 푸틴은 결국 우크라이나를 침공했고 전쟁이 일어납니다. 2022년인데요.

군사력 1위는 미국이라고 합니다. 2위는 러시아죠. 세계에서 두 번째로 강한 국가이니 이 전쟁은 하루도 안 되어서 끝날 거란 말도 많았습니다. 다 아시겠지만 그렇지 않았죠. 의외였습니다. 그러나 힘든 건 사실입니다. 그래서 젤렌스키 대통령은 뉴스에 나와 유럽인들로 이루어진 국제 군단을 모집한다고 말했습니다. 그러나 조금 부족했나 봅니다. 며칠 뒤 젤렌스키는 의용군의 국적을 제한하지 않겠다고 했습니다. 그제야 대한민국 국적의 한 남자가 우크라이나로 떠날 채비를 합니다.

그는 결국 우크라이나의 땅을 밟아 버렸고 우리나라 국민의 대다수가 그를 욕했습니다. 우크라이나로 출국하면 안 된다는 여권법을 어겼거든요. 지키라고 있는 법을 어겼으니 욕먹어야 마땅하죠. 자칫하면 그의 행동 하나 때문에 외교 문제로 번질 수도 있었고요. 심지어 그의 현 직업은 유튜버입니다. 방송 욕심 때문이라는 여론도 많았어요. 그의 전 직업이 군인이었다는 것에 의한 호승심이 그 자신을 잡아먹은 것이 아니냐 하는 말들 또한 나왔죠. 그의 이름은 '이근'입니다. 대한민국 해군 특수부대

UDT를 대위로 예편했고 네이비 씰의 교육들을 이수했습니다. 지금은 우크라이나 의용군에 소속되어 각 나라의 특수부대 출신들로 이루어진 팀의 팀장을 맡고 있죠.

그가 사실은 참전은커녕 폴란드의 호텔에 묵고 있다는 뉴스들이 보도됩니다. 그가 운영하는 유튜브에 올리기 위해 카메라를 들고 다니며 안전한 지역만 돌아다녔다는 말들도 쏟아졌습니다. 몇 달 뒤에 그의 유튜브에 영상들이 올라왔습니다. 운전석에 앉은 어떤 군인은 머리가 찢어져 피를 잔뜩 흘리고 있었고 조수석의 이근은 그의 상태를 체크하고 있었습니다. 이근은 카메라만 들고 있는 게 아니라 소총도 들고 있었죠. 대포가 떨어지는 소리가 들리고 총알이 날아다닙니다. 그 파편에 엉덩이를 맞기도 합니다. 이근은 끊임없이 팀원들에게 무언가를 지시하고 있습니다. 부상당한 팀원들도 케어해야 합니다. 이근은 폴란드의 호텔이 아니라 전장에 있었죠.

얼마 뒤 현지에서 인터뷰가 잡혔습니다. 드디어 모두가 궁금해하던 질문을 인터뷰어가 묻습니다. "왜 법을 어기면서까지 우크라이나에 가셨나요?" 그가 대답합니다. "도로 한복판에 어떤 아이가 쓰러져 있는데 빨간불이라서 건너지 않을 건가요? 그깟 교통법 신경 쓸 때가 아니에요. 아이를 구해야죠. 저한텐 그게 법보다 더 높은 가치입니다."

저는 많이 놀랐습니다. 어떤 가치든 법보다는 위에 있으면 안 된다고 생각했거든요. 법보다 높은 곳에 사람의 신념이 존재해 버릴 때에 질서가 무너진다고 생각했습니다. 그러나 그는 때론 그래도 된다고 덤덤히 말합니다. 품 안에 안은 아이를 보지 못한 채 빨간불에 길을 건넜다고 손가락질을 하는 사람들에게요.

저는 여전히 법을 어기는 사람들이 싫습니다. 그는 법을 어겼습니다. 그러나 저는 법을 어긴 그를 본받아 보기로 했습니다.

기다려 구하러 갈게, 나를

배우들은 참 대단합니다. 자신이 아닌 다른 사람으로 사는 시간이 많을 테니까요. 심지어 한 작품에서 한 명이 여러 역할을 맡기도 합니다. 일란성 쌍둥이거나, 죽은 줄 알았던 그녀를 극적으로 다시 등장시키기 위해 헤어스타일과 말투에 변화를 주고 볼에 점을 찍는 것 등으로 말이죠. 그리고 이보다 더 어려운 건 다중 인격을 연기할 때입니다. 〈하이드 지킬, 나〉처럼 1인 2역이거나, 〈킬미, 힐미〉처럼 1인 7역이거나, 심지어 〈23 아이덴티티〉처럼 1명이 거의 24명을 연기하는 경우도 있습니다. (설정은 24명이지만 이 영화에서 24명이 전부 다 나오지는 않습니다.)

　다중 인격을 다루는 작품들을 보고 있자면 피로감이 몰려옵니다. 내 안에 또 다른 내가 있다는 것은 상상만 해도 불편한 일이죠. 그래서 앞 작품의 인물들도 내 안의 또 다른 나를 사라지게 하려고 애씁니다. 아무래도 다중 인격은 정신 질환으로 분류되기에 그들이 없어져야만 완치가 되는 것이니까요.

〈문 나이트〉라는 드라마도 다중 인격을 다룹니다. 1인 2역입니다. 여느 다중 인격을 소재로 한 작품들과 마찬가지로 다른 인격은 과거의 상처로부터 원래 인격을 보호하기 위해 자신도 모르게 저절로 만들어진 것입니다. 역시 하나의 육체를 두고 두 인격은 충돌합니다. 불편한 일이니 하나는 없어져야겠죠. 후반부에 다른 인격을 없앨 수 있는 기회가 생겼습니다. 다중 인격이 완치가 되어 해피엔딩이겠지요. 이제 주인공은 그 어떤 제약 없이 자신의 인생을 살며 행복하게 나아가면 됩니다.

그런데 그가 다시 돌아갑니다. 한 몸을 두고 다퉜던 자신의 다른 인격을 구하러 다시 돌아갑니다. 이제 존재할 필요가 없어서 죽은 것과 같은 상태가 되어 버린 또 다른 나의 손을 잡고 말합니다. "네가 왔던 순간에, 넌 나를 구했어. 내가 살아남은 건 혼자가 아니었거든. 널 버리지 않을 거야. 내 유일한 초능력은, 바로 너니까."

하나는 다시 둘이 됩니다. 다중 인격이 완치가 되지 않았습니다. 그러나 주인공은 괴로워하지 않습니다. 드라마는 그렇게 끝을 맺습니다.

6부작 중 5화의 부제가 '도피처'입니다. 혹시 내가 살면서 가면을 쓰고 다니는 일이 많아서, 여기서의 말투와 저기서의 행동거지가 너무 달라서, 내 안의 또 다른 내가 너무 많은 것 같아서,

그것으로 인해 스스로 순수하고 솔직하지 못한 사람이 된 것만 같아 괴로우신 분들이 계신가요? 억지로 없애려고 애쓰지 마세요. 때때로 '다른 나'는 도피처이자 초능력이 되어 줄 수 있을 겁니다.

난 니 세대가 싫어

저는 20대 후반입니다. 우리는 당신들과 상황이 다르다며 기성세대와 한껏 충돌하다 보니 벌써 새로운 세대의 소식을 접하는 시기가 찾아왔습니다. 듣자 하니 그들은 단어의 뜻을 잘 모른다고 하더군요. 많은 사례 중에 하나만 꼽자면 '금일'을 '금요일'로 알고 있는 것이죠. 유아기부터 스마트폰을 만지기에 아날로그시계의 초침과 분침의 위치를 보며 읽을 줄 모르며 컴퓨터 타자가 많이 느리다는 아이들도 있나 봅니다. 근데요. 딱히 개탄할 만한 일은 아닌 것 같습니다. 그들은 알아서 잘할 겁니다. 우리도 주판 사용법을 모르고, 화염병을 던져 본 적 없고, 길거리를 걷다가 갑자기 국기에 대한 경례를 한 적이 없고, 자기 이름을 한자로 쓰지 못해도 알아서 잘 살고 있듯이 말입니다. 새로운 세상에는 새로운 세대가 사는 법이 따로 있습니다.

그 전에 나이 차이가 좀 있는 두 래퍼에 대해서 얘기해 볼까 합니다. 한 명은 86년생이고 한 명은 98년생입니다. 이 둘은 한

TV프로그램에서 랩 배틀을 붙습니다. 간섭하면 삽시간에 꼰대가 되기에 어떻게든 세대 간의 이해를 추구하려는 요즘 세상에서 86년생 래퍼는 대놓고 이런 내용의 가사를 써내어 랩을 합니다. "난 니 세대가 싫다. 너희는 힙합을 하겠다면서 염색비로 한 달 월급 절반을 쓴다. 너희는 단 한 번도 자기 힘으로 올라가 본 적이 없다. 너희는 엄마 도움 없이는 믹싱을 맡기지도 못한다. 래퍼라면서 박자 하나 맞추지 못한다. 너희는 그저 귀여운 걸로 실력을 가린다. 그런데 내가 어떻게 너희를 진심으로 상대하겠냐."라고 말이죠.

그는 너희 세대가 싫다고 말합니다. 힙합으로 성공하겠다고 마음먹고 이 바닥에 들어온 거면서 힙합을 하지 않고 딴짓을 하고 있는 너희 세대가 싫다고 말합니다. 자신의 세대가 어렵게 개척한 길을 어찌 너희는 편법만 쓰며 걸어갈 방법을 궁리하는 것만 머릿속에 가득하냐고 말합니다. 음악인인데 왜 음악을 안 하고 있냐고 말합니다. 우리 세대보다 옷을 좀 더 잘 입는 건 알겠는데 왜 음악을 안 하고 있냐고 말합니다.

그 세대만의 방식을 두고 혀를 차면 꼰대가 됩니다. 그러나 아예 본질을 잊어버린 세대에게 정신 차리라고 말해 주는 어른은 현자에 가깝습니다. 우리는 엊그제 사회에 나온 것 같은데 벌써 30살, 40살이 되어 가고 있습니다. 곧 다음 세대를 맞거나 맞고 있습니다. 그들의 어휘력이 부족한 건 간섭할 것이 아닙니다. 대신 영어를 더 잘할 테니까요. 그건 나쁘지 않은 현상입니다. 그리고 어차피 요즘 것들은 어느 시대나 말썽꾸러기이고 문제투성이였습니다.

우리는 그들이 정말 해야 할 것을 두고 변칙적인 것에만 몰두하며 태만하는 상황만 경계하면 될 것 같습니다. 나머지는 우리가 그랬듯이, 이전 세대들이 그랬듯이 스스로 할 테죠. 세상을 바꿔야 하는 건 언제나 다음 세대였으니까요.

같지만 같지 않습니다

'자폐'라고 하면 우리는 몇 가지 특징을 떠올립니다. 몸은 자랐지만 정신은 어린 것, 시끄러운 곳이나 밀폐된 곳을 견디지 못함을 큰 소리로 표출하는 것, 우발적인 행동을 하는 것, 그리고 자폐가 있는 사람들 간에는 뭐라도 이해하는 것이 있을 거라고요.

최근에 한 자폐인을 다룬 드라마가 큰 인기를 끌었습니다. 주인공은 자폐가 있지만 엄청난 기억력을 가진 변호사입니다. 그녀의 이름은 '우영우'입니다. 드라마는 여느 법정 드라마처럼 의뢰를 받고 그것을 해결하는 이야기로 채워져 있습니다.

드라마 초반, 어떤 피고인은 영우처럼 자폐를 가지고 있었습니다. 그녀의 상사는 영우를 호출해 사건 자료를 보여 줍니다. 영우는 자신에게 자폐가 있기에 이 사건에 배당하는 거냐고 묻습니다. 상사는 아무래도 자신보다는 당신이 피고인에 대해서 더 잘 알지 않겠냐고 답합니다. 영우가 말합니다. "자폐의 공식적인 진단명은 자폐 스펙트럼 장애입니다. 자폐인은 천차만별입니다. 이 감정서에 따르면 중중도의 자폐가 있는 사람인데 저는 이런 사람을 한 번도 본 적이 없습니다."

'스펙트럼'은 어떤 것의 폭과 분야, 범위가 넓을 때 쓰는 단어입니다. 영우는 자폐라는 넓은 풀에서 서번트 증후군이라는 한 점일 뿐입니다. 자폐 '스펙트럼' 장애이기에 이 자폐가 있는 사람은 저 자폐가 있는 사람과 통하는 것이 없습니다. 같은 특징, 배경, 성격, 직업, 출신이라고 해서 서로를 완전히 이해할 수는 없다는 것을 우리는 이미 알고 있었습니다. 인간은 애초에 스펙트럼이니까요.

자폐가 있다고 반드시 〈이상한 변호사 우영우〉의 '우영우'처럼, 〈굿 닥터〉의 '박시온'처럼, 〈그것만이 내 세상〉의 '오진태'처럼 천재성이 있는 게 아닙니다. 어떤 자폐아를 둔 가정은 하루하루 무너집니다. 그러니까 자폐아를 둔 부모에게 이 아이도 그들처럼 잘하는 게 있냐는 질문은 하지 않는 것이 좋겠죠.

죽고 있는 땅

하나의 국가는 하나의 생명체입니다. 영토가 뼈와 피부라면 건물과 도로, 운송 수단, 전산망은 내장, 신경, 혈액과 혈관이며, 국민은 세포가 됩니다. 낡은 세포가 없어지면 그 자리를 새로운 세포가 채웁니다. 그게 한 생명체가 생명을 유지하는 방식이죠.

어떤 생명체는 지금 세포가 줄어들고 있습니다. 낡은 세포는 많아지지만 그 자리를 채울 새로운 세포가 급감하고 있습니다. 이 생명체의 세포는 아마 세기말에 반토막이 날 거라고 합니다. 세포는 조직과 기관을 이룹니다. 세포가 줄어들면 그 생명체는 점점 죽습니다. 그러니까 청년의 죽음과 저출산을 방치하면 그 나라는 언젠가 죽겠지요.

반드시 인간의 아래에 있어야 하는 것들

빌어먹을 내장 지방 때문에 종종 조깅을 하러 저녁에 한강변으로 갑니다. 사방에 야경을 두고 블루투스 이어폰을 끼고 음악을 들으며 달리면 그나마 폐가 조이는 고통이 줄어듭니다. 어느 여름밤입니다. 여느 때와 마찬가지로 강변으로 갔습니다. 달리기 시작한 지 얼마 되지 않아 뒤에서 뭔가 기척이 느껴졌습니다. 목줄이 풀린 개가 달려오고 있었습니다. 그 광경을 보고 있는 저는 그대로 얼어붙었습니다. 밤이라 제대로 보지 못해 종은 모르겠지만 진돗개와 비슷했고 중형견과 대형견 그 사이의 크기였습니다. 다행히 곧바로 주인으로 보이는 남자가 달려와 제 바로 앞에서 개의 목덜미를 잡았습니다. 곧바로 목줄을 채우고 죄송하다는 말을 남기고 개와 함께 돌아갔습니다. 그리고 저도 뒤따라 집으로 돌아갔습니다. 저는 그날 이후로 예비군 훈련도 아닌데 군화를 신고 강변으로 갑니다.

물리진 않았지만 혹시 몰라서 공격성이 강한 개를 대처하는 방법에 대해 검색해서 찾아보려다가 개 물림 사고가 생각보다 많다는 것을 알았습니다. 어떤 초등학생은 길 한복판에서 개한테 뒷목이 물려 피투성이가 되고, 어떤 애견카페 직원은 6분 동안 개에게 물려 끌려 다녀 바닥이 피로 젖었고, 어떤 아주머니는 엘리베이터에서 개에게 물려 패혈증으로 사망했습니다. 그리고 그런 통제가 안 되는 개를 사랑으로 기르고 있는 자들도 많다는 것을 알았습니다. 그들은 "우리 개는 안 물어요."라는 말을 책임 없이 남발하며 지켜야 할 것을 지키지 않습니다. 타인에게 피해를 주는 것보다 자신의 개가 입마개로 인해 답답해하는 것이 더 중요한 사람들이죠.

반려견은 인간의 친구입니다. 그리고 가족의 구성원이죠. 그러나 사람을 무는 개는 그렇지 않습니다. 사람이 먼저 개를 건드려서 공격받는 것과 집을 지키기 위해 강도를 무는 것, 그리고 군견의 실전 상황 등을 제외하고 그저 사람을 한 번이라도 물어뜯었던 개는 그 순간 친구와 가족이 아닌 인간의 아래에 있는 가축이고 고깃덩이에 불과합니다. 사람의 아래에 있어야 하는 것들이 감히 사람을 물어뜯게 하면 안 됩니다. 통제가 되지 않는 개를 기르는 것은 해충을 기르는 것과 다를 바 없습니다.

별 것도 아닌 걸로 우는 사람

어떤 남자 아이돌 그룹 콘서트 현장에 보조 스태프로 일하러 간 적 있습니다. 솔직히 한 번도 이름을 들어 본 적 없는 그룹이라 팬들이 많지는 않겠다는 제 예상을 뒤엎고 현장은 여러 나라에서 온 여성들로 가득 찼습니다. 제가 맡은 일은 콘서트가 시작하기 몇 시간 전 이벤트 존에서 멤버들의 사진이 담긴 포토 카드라는 것을 팬들에게 전달하는 일입니다. 근데 그걸 나눠 주기 전에 우선 신분을 확인해야 합니다. 당일 날짜가 적힌 티켓을 확인한 후 팬클럽에 가입되어 있다는 것을 인증하는 카드와 신분증에 적힌 정보가 일치해야 포토 카드를 줄 수 있었죠. 카드를 나눠 주다 보면 자신이 원하는 멤버를 받았는지 아닌지 반응을 바로바로 알 수 있었습니다. 시무룩한 사람들을 보면 저도 안타까웠고 방방 뛰는 사람들을 보면 저도 덩달아 기분이 좋았죠.

시간이 좀 지나고 어떤 여자 분이 캐리어를 끌고 저희 부스로 걸어왔습니다. 여권을 확인하니 중국인입니다. 마찬가지로 티켓과 팬클럽 카드, 신분을 확인하려 했습니다. 그런데 팬클럽 카드만 주지 않습니다. 달라고 하니 어쩔 줄 몰라 하면서 중국에 있는 자기 집에 놔두고 왔다고 합니다. 그러면 포토 카드를 줄 수 없다고 답했습니다. 자신의 핸드폰을 켜 팬클럽임을 인증하는 어떤 사이트에 접속한 후에 저에게 내밉니다. 저는 판단이 어려워 관계자를 호출했습니다. 관계자는 그분에게 죄송하다고 답했습니다. 저도 죄송하다고 말했습니다. 그분은 결국 아무것도 받지 못하고 부스 밖으로 나갔습니다. 그런데 나가자마자 끌고 가던 캐리어를 멈춥니다. 그 옆에 쪼그려 앉습니다. 그리고는 울기 시작했습니다. 한참을 얼굴을 가리고 펑펑 울었습니다. 그제야 진정되었는지 곧 콘서트가 시작되는 곳으로 걸음을 옮겼습니다. 그 광경을 지켜보던 저는 그제야 제 앞에 뒷면으로 나열되어있던 포토 카드의 앞면을 확인했습니다. 그냥 그 그룹의 멤버 중 한 명이 미소 짓고 있는 모습이 담긴 평범한 사진입니다. 이별 것도 아닌 걸로 그 사람은 타국에서 30분을 울었습니다.

아이돌은 공인이 아닙니다. 애초에 연예인은 공인이 아니죠. 사익을 추구하니까요. 그래서 만약 어떤 잘못을 하더라도 고위 공직자들이 가져야 할 도의적 책임까지 느낄 필요는 없습니다. 그런데 저는 고작 사진 한 장을 받지 못했다고 우는 사람을 봤습니다. 아이돌은 실수를 하지 않았으면 좋겠습니다.

보조 출연자들

잠깐 공백기가 생겨 알바 공고 사이트를 뒤지던 중 드라마 보조 출연이라는 글자가 눈에 들어왔습니다. 한 번도 해 본 적 없던 분야라 흥미가 생겨 지원을 했고 바로 다음 주 새벽에 철원으로 가는 버스에 몸을 실었습니다. 제 또래의 남자들이 많겠다는 예상과는 달리 성별을 막론하고 중장년층이 조금 더 많았던 것 같습니다. 버스에서 내리니 갈아입을 옷을 나눠 줍니다. 저는 일본 순사의 옷과 진압봉을 받았습니다. 시대극이었나 봅니다. 그렇게 한국인 60명은 한 시간 만에 조선인, 일본인, 중국인이 되었습니다.

저는 드라마상 10분도 안 되는 장면들을 찍는 데 10시간이 넘게 걸리는 줄은 몰랐습니다. 대기 시간이 너무 길어서 카메라에 걸리지 않는 곳을 찾아 멍하니 앉아 있다 보면 저절로 아무 생각이나 하게 됩니다. 드라마 제작의 비효율성에 대해 개선 방안을 구상해 보다가, 11월 초 철원의 추위를 체감하면서 지금도 이런데 한겨울에 강원도는 대체 어떤 일들이 벌어지는 곳인가를 상상하며 무서워졌다가, 전방에서 군 복무를 했던 지인들이 존경스러워졌다가, 저기 보이는 여배우의 얼굴이 너무 작아서 감탄을 했다가, 나랑 같은 복장을 한 저 사람들은 콧수염을 안 붙였는데 왜 나는 붙여야 했는가에 대해 기준을 찾아보다가, 꾸지람을 듣는 어린 스태프를 보며 안쓰러웠다가, 조총을 쏘는 연기를 너무 잘해 버려서 감독의 눈에 들어 나에게 주연 배우 제의가 들어오면 내 인생은 이제 이렇게 되고 저렇게 되겠다는 망상에 빠져 있다가, 오늘 받은 일당으로 내일 사야 할 것에 대해 계산을 하고 있다가 보면 시간이 참 잘 갑니다.

그래도 부족합니다. 더 시간을 빨리 보내기 위해 여기저기 돌아다녀 봅니다. 그러다 보면 뭔가 좀 이질감이 느껴지는 배경들이 눈에 들어옵니다. 조선의 농민과 주모, 중국의 상인과 숙녀, 일본의 황군과 순사들이 서로서로 안부를 묻고 농담을 주고받고 핫팩과 패딩을 쥐어 주고 담배를 나눠 피고 한 테이블에 둘러앉아 제육볶음을 먹습니다. 곧 어떤 독립운동가에게 총을 겨눠야 하기에 옷매무새를 정돈하고 있던 저는 한 조선의 누더기 옷을 입은 누님이 웃으며 건넨 하리보 젤리를 얻어먹고 고개를 숙여 감사를 표했습니다. 저는 갑자기 저를 포함한 이들이 보조 출연자가 아니기를 순간 바랐습니다. 왜인지는 모르겠으나 정말 그들이 조선인이고 중국인이고 일본인이었으면 좋겠다고 잠깐 생각했습니다. 싸우지 않는 풍경은 그 찬바람에도 따뜻했습니다. 모두가 서로 미워하지 않았으면 좋겠습니다.

애증의 계절

수십 마리의 모기와 수천 개의 물방울이 온몸에 달라붙어 있는 듯한 혐오를 느낄 때면 당연하게도 항상 가을을 기다립니다. 드디어 여름의 끝. 어딘가 순간적으로 서늘한 바람이 피부에 스칠 때면 새하얀 도화지에 냅다 먹물을 뿌려 버리는 것과 같은 쾌감에 젖습니다. 그러나 곧 그토록 기다렸던 가을인데도 갑자기 화가 납니다. 난 이번 해에도 아무것도 한 게 없는데 벌써 찬바람이 불어 버리니 짜증이 납니다. 저는 매년 가을을 사랑했고 매년 가을을 증오했습니다. 내년 가을은 온전히 좋아하기만 할 수 있도록 해 봐야겠습니다.

스컬그레이몬

아주 어릴 때 〈디지몬 어드벤처〉라는 애니메이션을 참 좋아했습니다. 20년 전인데도 오프닝 주제곡이 나오면 티브이 앞으로 뛰어갔던 기억이 납니다.

디지몬은 디지털 몬스터의 줄임말입니다. 몬스터라고 해서 괴물을 떠올리면 안 되고요. 디지털 월드에 살고 있는 초월적인 동물 같은 겁니다. 말도 하고 감정도 느끼죠. 그리고 귀엽습니다.

이 디지몬들에게는 각각 파트너가 있습니다. 인간입니다. 이들은 '선택받은 아이들'이라는 명목으로 현실 세계에서 디지털 월드로 넘어오게 됩니다. 이 아이들은 자신의 디지몬과 함께 악당들과 싸우며 성장해 나갑니다. 그런데 나타나는 악당들이 점점 강력해집니다. 그럼 우리도 강해져야죠. 그래서 디지몬들은 '진화'라는 것을 합니다. 진화를 하면 깜찍한 외형은 온데간데없어지고 엄청 멋있어지고 화려해집니다. 진화를 하면 할수록 더더욱 그렇죠.

이 애니메이션의 주인공 이름은 '신태일'입니다. 그리고 그의 파트너 디지몬은 '아구몬'이라고 불립니다. 아구몬은 공룡을 모티브로 삼은 디지몬입니다. 진화를 할수록 점점 더 근사한 공룡이 됩니다. 태일이와 아구몬은 다른 선택받은 아이들, 디지몬들과 함께 진화를 하며 고난과 역경을 헤쳐 나갑니다.

이 소년 만화에는 조금 충격적인 에피소드가 하나 있습니다. 언젠가 한번 태일이는 다음 싸움에 대비하기 위해 아구몬을 강제로 진화시키려 한 적 있습니다. 멋들어진 갑옷과 무기가 장착된 '메탈그레이몬'으로 진화시키기 위해 태일이는 뭔가에 쫓기듯이 아구몬을 다그치고 강제로 음식을 먹입니다.

효과가 있는 모양입니다. 갑자기 진화의 빛이 방출됩니다. 그런데 기대했던 외형이 아닙니다. 갑옷과 무기는커녕 뼈만 그대로 남아 심장이 노출되었습니다. 이 디지몬은 '스컬그레이몬'이라고 불립니다. 강해졌지만 피아 식별이 불가능한 지경에 이르러 동료들을 이유 없이 공격하는 괴물이 되었죠.

아직 초등학생인 아이를 의대에 진학시키기 위해 하루 종일 입시학원에 가둬 놓는 보호자들이 있습니다. 밤이 늦었는데 담임 교사에게 지속적으로 문자를 보내는 학부모들이 있습니다. 학교 폭력, 성폭력 가해자인 자식을 무작정 싸고도는 부모들이 있습니다. 아구몬이 뼈만 남은 괴물이 되어 버린 에피소드를 보며 느꼈던 충격은 20년이나 지났는데도 도통 사라지질 않습니다.

무효표

칸 바깥 여백 어딘가에 도장이 찍혀 있거나, 두 개 이상의 도장이 찍혀 있거나, 누구를 찍었는지 알 수 없게 칸이 아닌 선에 도장이 찍혀 있거나, 도장이 아닌 개인 볼펜 같은 것으로 표시하거나, 그냥 용지가 찢어져 있는 것들은 무효표 처리가 됩니다.

투표를 하긴 해야 하는데 정말 뽑을 사람이 없거든 그렇게라도 의사를 표출합시다. 단순히 투표율이 높은 것만으로 나쁜 정치인들은 긴장감을 느낍니다. 에드먼드 버크가 말하길 악이 승리하기 위해 필요한 것은 선한 인간들이 아무런 행동도 하지 않는 것이라고 합니다. 그러니까 투표합시다. 투표하러 나간 김에 가족들과 외식이라도 하시고요.

이상한 여자

제 주위에 도통 속을 알 수 없는 여자가 한 명 있습니다. 이 여자는 30년 가까이 학습지 선생님을 하고 있습니다. 그래서 그녀는 그녀의 두 자식들도 공부를 잘하기를 바랐습니다. 누군가를 가르치고 있는 사람의 자식이 성적이 좋지 않으면 그 업계에서 평판이 좋지 않을 수 있으니까요. 그런데 그녀의 딸은 그렇다 치고 아들이 공부를 너무 못합니다. 정확히는 할 의지도 없어 보입니다. 그날 꼭 해야 하는 학습 분량을 하나도 수행하지 않아서 그녀에게 혼나는 일이 어느새 일상이 됩니다. 매를 맞기도 합니다.

그녀의 아들은 그래도 끝까지 정신을 차리지 않고 수능을 앞두고 피시방을 들락거리고 무단결석도 합니다. 결국 대학에도 진학하지 못했다고 합니다. 그렇게 성인이 되었는데도 방에 틀어박혀 게임을 하거나 누워 있거나 유튜브를 보거나 멍을 때리며 하루하루를 보냅니다. 이제 그녀의 아들은 그 집에서 장차 기둥이 될 희망에서 멸문지화를 초래할 흰개미의 유충과 같은 무언가로 전락했습니다.

그런데 그녀의 태도가 이상합니다. 분명 얼마 전까지만 해도 그녀의 아들에게 대학도 못 갔으니 이제 어떻게 살 거냐며 울분에 차서 소리치던 사람이었는데 어느새 방 안에 틀어박혀 거의 나오지 않는 아들에게 꼬박꼬박 밥을 먹으라며 용돈을 주고 일을 하러 나갑니다. 게임 시간이 한 시간을 넘어가면 눈치를 줬었는데 이제는 몇 시간째 하고 있어도 아무 말 하지 않습니다. 어릴 때는 5만 원도 하지 않는 로봇 장난감이 갖고 싶다고 떼를 써도 사 주지 않았었는데 지금은 200만 원을 빌려 달라고 하면 보내고는 갚지 말라고 말합니다. 어깨에 문신을 해도, 29살에 알바를 하고 있어도 이 여자는 그녀의 아들을 아직도 웃으며 반기고 반찬을 손수 만들어 보냅니다.

저는 사람들의 속을 잘 읽는 편이라고 생각했는데 이 여자의 속은 평생을 곁에 있었는데 아직도 모르겠습니다. 도대체 무슨 생각을 하고 사는 걸까요? 아마 저도 자식을 낳아 봐야 알 수 있을까요? 뭐가 됐든 아직은 그녀처럼 할 수 있다는 확신은 들지 않습니다. 아무리 생각해도 진짜 이상한 여자네요.

군인의 사명감

남자 운동선수가 세계 대회에 나가서 메달을 획득하면 병역의 의무를 면제해 줍니다. 국가의 위상을 드높였기 때문이죠. 그런데 BTS는 군대를 간다고 합니다. 대한민국을 알리는 데 기여한 것은 금메달을 딴 선수와 매한가지이거나 어쩌면 그보다 더 큰 공을 세웠을 텐데요. 그리고 그 이전에도 많은 실력 있는 한국의 남성 예술가들은 군 문제로 시끄럽거나 군 복무를 하기 위해 잠시 커리어를 중단했습니다. 이곳은 징병제인 나라이기 때문이죠.

　면제가 보상으로 작용하니 군대는 끌려가는 곳이라는 것을 모르는 사람이 없습니다. 너 나 할 것 없이 군인에 뜻이 없는 사람들이 한데 모이니 그 안에서는 사람이 사람을 때리고 죽이기도 합니다. 어차피 군 복무를 해야 하니 군인을 직업으로 삼아버리는 몇몇은 군인이라면 가져야 할 사명감이 없으니 성추행을 하여 여군을 자살하게 만들고 주적에게 군사 정보를 팔아넘

깁니다.

　징병제에도 장단이 있고 모병제에도 장단이 있는 것을 압니다. 우리나라처럼 인구가 적은 국가에서는 징병제가 필연적이죠. 그러나 모병제를 하면 군인에 뜻이 있는 군인들이 좀 더 많아집니다. 병사를 없애고 그 국방비로 장비의 품질을 향상시키고 부사관 체제를 지향하면 순수하게 군인을 하려는 군인들이 생깁니다. 희생하는 직업을 선택하는 사람들은 국가와 동료를 소중하게 여기는 사명감이 있어야 합니다. 모병제는 고려해 볼 가치가 있습니다. 그럼 예술을 하려는 자들은 계속 예술을 하면 되고 죽지 않아도 되는 자들은 죽지 않을 수 있고 숭고한 사명감을 가진 자들은 군인이 될 수 있습니다.

분서갱유

이제 만화가는 종이와 연필이 아니라 태블릿과 터치 펜으로 그림을 그립니다. 만화책을 보던 사람들은 웹툰을 봅니다. 그래서 조금 더 쉽게 그릴 수 있고 조금 더 쉽게 볼 수 있습니다. 그래서 너무 쉽게 피드백이 달립니다.

드라마 내용이 마음에 들지 않으면 작가에게 전화를 하거나 메일을 보내던 시절이 있었다고 합니다. 요새는 게시판에 글을 달면 됩니다. 웹툰에는 댓글을 씁니다. 물론 창작자가 그것을 반영할 확률은 적습니다. 없는 것은 아닙니다. 영향을 받아 자체 검열이 이루어지는 경우가 간혹 있습니다. 그런데 저는 그것을 예술과 문화라고 부르는 것이 맞는지 모르겠습니다. 뭔가 맘에 들지 않아 개입했던 대중들의 불만 표시가 유치하면 유치할수록 그것에 작용되어 버린 것들은 질이 낮아져 더 이상 창작물이라고 부를 수 없는 교과서와 다를 바 없는 공산품이 됩니다. 우리는 아직도 책을 불태우고 구덩이에 묻고 있습니다.

우리 더 이상 세상에 없는 자기 것을 만드는 사람들을 건들지 맙시다. 듣기 좋은 글만, 맘에 드는 볼거리만 가득한 세상의 색깔은 다채롭지 않습니다. 그런 세상은 영원한 겨울입니다. 그렇게 되면 우리는 죽을 때까지 그저 그런 싱거운 개념들 속에만 갇혀서 삽니다. 스스로 쳐 놓은 울타리가 너무 높아 영영 바깥으로 나갈 수 없다는 말입니다. 나와 다른 삶을 살았던 사람들이 던지는 메시지는 살면서 한 번쯤 반드시 도움이 됩니다. 그저 순간 마음에 들지 않는다고 책을 불태우지 맙시다. 그저 믿고 기다렸던 것들 중에 반드시 당신의 자산이 있습니다.

하나님의 뜻이라고

드라마 〈수리남〉 1화에서 '황정민' 배우가 연기했던 '전요환' 목사는 상대방이 자신의 말을 계속 들으려고 하지 않아서 그에게 이렇게 말합니다. "하나님의 뜻이라고 개새끼야." 전요환은 자신이 하는 언행의 근거로 하나님을 자주 들먹입니다. 어떤 물건의 소유권을 본인이 정하는 것도, 거래를 하는 데 있어 본인이 좀 더 많은 이득을 취하는 이유도 하나님이 그렇게 정했기 때문이라는 겁니다.

　　일부 하나님을 따르는 자들은 코로나바이러스가 여전히 공기 중에 돌고 있는데도 하지 말라는 대규모 예배를 강행합니다. 부처님 오신 날에 조계사로 몰려가 불교에는 구원이 없다고 적힌 피켓을 들고 소란을 피웁니다. 성폭행을 거부하는 여신도에게 받아들이지 않으면 천국에 가지 못한다고 말합니다. 모든 건 하나님의 이름을 빌려, 하나님의 말씀을 전하는 자를 참칭하여 자행됩니다. 왜 이런 행동을 하냐고 물었을 때 하나님께서 원하실 거라고 답해 버리면 서로에게 피해를 주지 않아야 한다는 지극히 당연한 공동 의식을 전하기 위한 사람과 사람 간의 대화 의지는 아주 빠르게 상실됩니다. "하나님의 뜻이라고 개새끼야."라는 절대명령 앞에서요.

초등학생 때 하굣길에서 각종 휘황찬란한 장난감으로 저를 현혹한 다음 제 눈을 보며 교회를 오지 않으면 지옥에 갈 거라고 말했던 어떤 전도사가 기억이 납니다. 저는 그분 덕분에 몇 개월을 죽음과 지옥의 공포 때문에 잠을 설쳤습니다. 혹시나 그분을 다시 만난다면 이 말을 꼭 해 주고 싶습니다. 그렇게 말하는 건 하나님의 뜻이 아니라고요.

동족 혐오

PC방을 가면 친구들과 함께 시끄럽게 떠드는 초등학생들이 자주 보입니다. 그들보다 나이가 조금 더 많은 우리는 그 광경을 보며 혀를 끌끌 차며 욕을 합니다. 저들이 왜 저러는지를 알고 있기 때문입니다. 우리도 초등학생일 때 똑같았으니까요.

살다 보면 나와 같은 캐릭터이거나 같은 옷차림을 한 사람에게 위화감을 느낄 때가 있습니다. 내가 하는 행동을, 내가 하는 말투를, 내가 한 액세서리를, 내가 이성을 사귀기 위해 하는 영악한 행위를 그대로 따라 하는 사람을 볼 때는 미세한 위구심이 들고 이내 짜증이 납니다. 그리고 나의 싫어하는 부분을 타인에게서 발견할 때는 그에게 동족 혐오를 느낍니다. 가령 내가 현실 도피를 하기 위해 하는 언행이나 비굴한 처세술을 취하는 것을 스스로 싫어했는데 마침 상대방에게서 똑같은 것을 발견했을 때 말이죠. 저 사람이 왜 저런 행동을 하는지 알게 되면 동질감 또는 동족 혐오밖에는 느낄 것이 없습니다. 어릴 적 친형제를 미워했던 이유도 일종의 동족 혐오에 의해 발생하지요.

혹시 누군가를 혐오하고 계신가요? 그중의 어떤 것은 그 사람에게서 자신을 발견했을 때일 겁니다. 그리고 자기혐오와 동족 혐오는 반드시 비례합니다. 나를 사랑하고 너를 사랑합시다.

MBTI의 오류

다들 MBTI 검사 해 보셨죠? 저도 해 봤는데 이것 참 기발합니다. 겨우 4자로 내가 어떤 성격인지 한 번에 설명할 수 있기에 바쁜 현대 사회에서는 유용하게 쓰이는 것 같아요. 더 나아가 소크라테스가 너 자신을 알라고 했지만 아직 알지 못하는 사람들에게 이 검사는 썩 괜찮은 지표가 되어 주는 것 같습니다. 다만 좀 염려되는 것이 있어요. 내가 누군지 아는 과정에서 수십 년의 경험은 당위적입니다. 나를 아직 잘 모르는 사람이 고작 20분도 안 되는 검사로 알게 된 나라는 사람은 내가 아니라 내가 입게 될 옷으로 작용합니다. 그 옷에 나를 맞추게 되는 거죠. 가령 이 검사를 끝내고 ESTJ라는 결과가 나왔다고 치면 나는 외향적인 현실주의자이자 계획이 틀어지는 것을 싫어하고 감정을 앞세우기 전에 사실관계를 파악하는 사람의 옷을 입게 되죠. 여기서 문제는 이 옷을 너무 오래 입게 되면 내향적인, 이상적인, 감정적인, 융통성이 있는 것의 장점을 모르게 되어 영영 변화를 할 수 있는 기회가 사라질 수 있습니다. 안타까운 일이죠. 어떤 변화는 대부분 진화가 되니까요.

MBTI 검사를 끝내고 나면 그 성향을 얼마나 함유하고 있는지에 대한 퍼센티지가 바로 나옵니다. 제 결과의 두 번째 자리에는 N이 있습니다. 그걸 51%를 가지고 있다고 나옵니다. 나머지 49%는 S입니다. 저는 언제든 N이 될 수 있고 S가 될 수 있는 모양입니다. 그런데 퍼센티지를 보지 않고 알파벳만 그대로 받아들이면 직관적인 나는 깊어지고 현실적인 나는 죽습니다. 그건 살면서 딱히 쓸모 있지 않습니다. MBTI는 타고난 것이 아니라서 천성이 아닙니다. MBTI는 살면서 해 왔던 선택으로만 이뤄집니다. 그러니까 MBTI는 얼마든지 바꿀 수 있는 것이죠.

이제 고작 알파벳 몇 자 따위에 나를 가두지 맙시다. 70억 명에게는 70억 개의 MBTI가 있습니다. "나는 P라서 계획 짜는 것을 싫어해."라며 계획을 일부러 짜지 않는 사람들이 요새 좀 많은 것 같아서 하는 말이에요.

저도 시켜서 하는 거라서요

서비스업 알바를 하다 보면 불만을 가진 손님과 대치하기 마련입니다. 왜 여기에 주차를 하면 안 되는지, 왜 물건을 사야만 화장실을 이용할 수 있는 건지, 왜 여기서 흡연이 불가능한지, 왜 저번에는 주던 사은품을 이번에는 주지 않는 건지에 대해 설명을 해 드리다 보면 납득을 하는 분들도 있지만 그렇지 않은 분들도 더러 있습니다. 한 번 더 자세하게 설명을 해 드려도 불만을 표시한다면 저는 일부러 주위를 살짝 보는 척을 하고 옅은 쓴 웃음을 지으면서 눈을 한 번 내리깔았다가 다시 쳐다보며 당신을 이해한다는 듯 나지막이 얘기합니다. "죄송합니다. 저도 시켜서 하는 거라서요."

이 말을 듣고도 한 번 더 불편함을 제기한 사람은 거의 없었습니다. 그리고 이 말은 오랫동안 제 필살기가 되었습니다. 거짓말은 아닙니다. 저는 어떤 알바를 하든 팀장, 점장, 반장, 실장, 사장, 계장, 매니저, 주방 이모님이 시키는 대로 했고 의문을 가진 고객님에 눈에 비친 관계자라고는 저밖에 없다는 것을 온전히 이해했으니까요.

　한 집단은 시키는 사람보다 누군가 시켜서 하는 사람들의 비율이 더 많습니다. 시켜서 하는 사람보다는 행동하는 자들이 눈에 띄는 건 당연합니다. 뭔가를 바꾸려면 행동하는 자들 그림자에 숨어 있는 것들을 봐야 합니다. 그러니까 알바생같이 애먼 사람을 잡아 봤자 바뀌는 건 없다는 얘기예요.

현장의 감

일터는 행정부의 관리자들과 현장의 실무자들로 나뉩니다. 관리자들이 가리키면 실무자는 움직입니다.

제가 최근에 즐겨 보는 미드가 있어요. 미국 특수 요원들의 일상, 가족과 애인, 동료와의 갈등과 사랑, 그리고 매일같이 벌어지는 국가적 위기를 예방하거나 수습하기 위한 임무들이 주로 담겨 있는 전형적인 시즌제 드라마입니다. 여기서 주인공은 실무자들의 팀장입니다. 작전을 하러 갈 때면 주인공을 포함한 실무자 6명과 관리자 두어 명이 항상 함께 이동합니다. 가끔 규모가 큰 프로젝트는 '높으신 분'들도 참여해서 상황을 지켜보기도 합니다.

그런 에피소드에서는 높으신 분들과 주인공 일행은 여지없이 충돌합니다. 융통성의 미학으로 가득한 차원이 현장이지만 높으신 분들은 계획을 중시하니까요. "왜 계획대로 진행하지 않는 거냐.", "왜 계획대로 철수하지 않는 거냐.", "왜 계획된 경로로 움직이지 않는 거냐."고 묻습니다. 당연합니다. 그렇게 견제를 해야 최악의 사고를 방지할 수 있으니까요. 주인공 일행의 관리자는 그 말을 그대로 실무자들에게 전해야 합니다. 높으신 분들과 같은 관리자의 처지이기도 하고 그 말을 따르지 않으면 진급에 문제가 생길 수도 있으니까요. 그래서 이 드라마 속의 관리자는 실무자들에게 높으신 분들의 지시 사항을 그대로 전합니다. 그러다 마지막에 높으신 분들이 듣지 않게 조용히 속삭입니다. "현장에 있는 건 우리가 아니라 자네이니까 자네 판단대로 하게. 현장의 감을 믿겠네."

실무자들이 총상을 입은 동료를 구해야 해서, 지금 타깃을 놓치면 다시는 잡을 수 없을 것 같아서, 인질을 전부 다 구하기 위해 더 안전한 경로를 찾아야 해서 계획대로 움직이지 않는다는 것을 이 관리자는 알고 있었습니다. 의자에 앉아 있는 자들은 절대 볼 수 없는, 현장에 있는 자들만 보이는 것들이 있으니까요.

초 단위로 이뤄진 현장의 어떤 지혜는 몇 시간, 며칠이 거치어간 책상의 계획 위에 있습니다. 완전한 계획보다 더 완전한 것은 현장의 감에 기거한 감각적인 판단인 것 같다는 생각을 해 봅니다.

어른이 되더라도

드라마 〈퀸스 갬빗〉의 주인공 '베스 하먼'을 유심히 보다 보면 뭔가 좀 이상한 점이 눈에 띕니다. 그녀가 어릴 때 사고로 부모님을 잃어 보육원에서 길러질 때도, 조금 자라서 수양부모와 같이 살 때도, 이성과 처음 사랑을 나눌 때도, 처음 체스에 두각을 보일 때도, 사람들과 어울리며 사회생활을 터득할 때도, 진하게 화장을 하고 담배 연기를 내뿜을 때도, 처음으로 패배감을 느꼈을 때도, 양어머니가 돌아가셨을 때도, 당대 챔피언을 꺾고 체스계의 스타가 되었을 때도 한 컷 한 컷 소녀가 아닌 장면이 없다는 것입니다. 그러니까 어른이 되고 사회적 지위가 높아졌더라도 꾸준히 어린 아이가 예의를 지키는 방법을 방금 배운 듯 정석적이고, 여전히 매번 새로운 것을 보는 듯 눈빛이 반짝거리며, 매사에 능숙하지 않되 안정적인 동시에 한결같이 소녀를 내비치고 소녀를 유지합니다.

　고집이 세고 변화를 받아들이지 못하는 것들을 보자면 꾸준한 것들은 참 답답합니다. 그러나 하먼이 끝까지 새침한 말투와 순수한 눈빛을 지켜 내는 것을 보자면 어른이 되어도 소녀인 것은 참 아름답다는 생각을 해 봅니다. 사회를 거닐다 어쩔 수 없이 때가 타더라도 더럽지 않은 어른이 될 수도 있는 것 같습니다.

어벤져스의 전통

저는 마블 영화를 참 좋아합니다. 마블 영화가 아닌 것은 그냥 시간 날 때 보거나 vod로 나올 때까지 기다렸는데 마블은 딱히 중요한 일정이 있지 않다면 개봉 당일 아침에 꼭 보러 갔으니까요.

저와 같은 사람들은 19년에 마블로부터 정말 큰 선물을 받았었습니다. 〈엔드게임〉이라는 이름으로 말이죠. 그 영화는 마블을 좋아하는 사람들에게는 더할 나위 없는 마스터피스였습니다. 소위 말해 죽여주는 영화였어요. 그래서 그때 우리는 함께 웃고 울며 전율했습니다. 그런데 그렇게 영화관을 나오면서 하나의 착각을 하게 됩니다. 마블이 다음 영화도, 그다음 영화도 엔드게임과 같은 서사와 영상미를 통해 더 큰 감동을 선사할 것이라고요. 마블은 그런 약속은 한 적이 없는데 말이죠.

마블은 10년을 달려왔고 또 10년을 달려야 합니다. 기존 배우들은 늙어 가거나 출연료가 천정부지로 올라갑니다. 어린 배우들은 매번 신선합니다. 기존 히어로들의 세대교체가 불가피해집니다. 그래서 대부분의 차기작들은 새로운 히어로를 소개하는 방식으로 흘러갑니다. 그렇게 평점은 떨어지고 다양한 조롱과 비판으로 부검이 이뤄집니다. 부실하고 어색하며 지루한 것들을 만들어 냄과 동시에 흑인과 여성만 편애하니 이제 마블은 망했다는 식으로요. 그 가지각색인 모든 평판의 함의는 사실 '웨얼 이즈 〈엔드게임〉?'에 가깝습니다. 〈엔드게임〉 이후 10개가넘는 작품들이 나왔는데 그게 다 〈엔드게임〉 같으려면 미국은디즈니 공화국이 되어야 하는데 말이죠.

'어벤져스'의 원년 멤버들은 전통이 되어 버렸습니다. '아이언맨'이라는 근본이 있는데 '아이언 하트'는 대체 어디에 써먹냐는식으로 나와 버리면 마블은 다음 걸음을 옮길 수 없습니다. 전통을 무작정 추구하다보면 때로 진보의 발목을 잡게 됩니다. 앞으로 등장하게 될 악당들은 '타노스'보다 훨씬 강합니다. 어벤져스의 전통은 그들을 이길 수 없습니다.

얼마 전에 〈블랙 팬서〉의 후속작을 봤습니다. '슈리'는 왕족임에도 불구하고 태어나고 자란 자국의 전통을 별로 좋아하지 않는 과학주의자이죠. 오로지 국가의 발전을 위해 연구를 하는 것에 시간을 쏟습니다. 어느 날 그녀는 상대가 너무 강해서 자신도블랙 팬서가 되기 위해 허브를 마시고 꿈속에서 자신의 죽은 가족들을 만나려 합니다. 그런데 가족들은 한 명도 나오지 않고 친오빠의 숙적이었던 남자가 나타납니다. 그녀가 당황합니다. 그때 그가 그녀에게 묻습니다. "네 오빠처럼 고귀해질 거야? 아니면 할 일을 할 거야?" 슈리는 그저 할 일을 하기로 했고 평화를 지켜 냅니다. 마블은 아마도 이 영화를 통해 우리는 그저 할 일을 하겠다고 말하는 것 같습니다. 믿고 지켜보시죠. 우리는 아직도, 앞으로도 히어로 영화를 보며 울고 웃을 만큼 젊으니까요.

아직도 따뜻하다

방 안에 틀어박혀 인터넷으로 오랫동안 이런저런 뉴스를 보다 보면 세상이 무서워서 정신이 나갈 것만 같습니다. 밖을 나가자마자 음주 운전 차량에게 치일 것 같고, 촉법소년들이 내 머리를 둔기로 쳐 기절시켜 지갑을 훔쳐 갈 것 같고, 이사를 가야 하는데 집주인에게 보증금을 돌려받을 수 없을 것 같고, 검찰청 사람이라고 주장하는 누군가에게 전화가 와서 선생님의 계좌가 불법 행위에 연루되었으니 지금 당장 천만 원을 가져오래서 돈을 뽑으러 갔다가 조현병을 앓고 있는 사람에게 살해를 당할 것만 같습니다. 집 밖은 아마 지옥인가 봅니다.

어느 날 파주에 일이 있어서 아침 일찍 집을 나섰습니다. 저는 서울에 살고 있습니다. 대중교통을 이용하면 목적지까지 2시간이 걸립니다. 무사히 도착해서 모든 일을 끝내니 한밤중이 되었습니다. 집을 가려면 지하철을 타야 하는데 현 위치에서 역까지 거리가 너무 멉니다. 버스도 다니지 않습니다. 택시도 보이지 않습니다. 애초에 움직이는 것들이 보이지 않습니다. 어플로 택시를 수차례 요청해 봤지만 응답이 없습니다. 눈에 보이는 건 논과 밭, 주택 몇 채뿐입니다. 심지어 비가 내리기 시작합니다. 다행히 우산은 있었지만 고장이 나서 제대로 펴지지가 않습니다. 혹시 걸어서 갈 수 있나 지도를 켜 봅니다. 여기서 제일 가까운 역이나 정류장에 막차가 오기 전까지 뛰어가는 것은 마라톤 선수도 불가능해 보입니다.

거의 10분에 차 한 대쯤 지나가는 이 도로에서 저는 뜻하지 않은 일생일대의 무력감을 느끼고 있었습니다. 그리고는 2022년의 서울 근교에서 처하게 된 이 상황이 믿기지 않아 멍하니 허공을 바라봤습니다. 그때 제 앞에 승용차가 한 대 섭니다. 창문을 내리더니 조수석의 아주머니가 어디 갈 거냐고 묻습니다. 운전석에는 아저씨가 있었고 뒷자리에는 그 둘의 딸로 보이는 소녀가 타고 있었습니다. 저는 일단 여기서 제일 가까운 역의 이름을 댔습니다. 아주머니가 차에 타라고 합니다. 저는 순간 지금 제 행색을 떠올렸습니다. 검은 옷, 검은 바지, 검은 신발, 검은 마스크에 검은 모자를 푹 눌러써서 눈만 드러나 있었습니다. 심지어 비에 좀 젖어 있었죠. 그래서 지금 저 아주머니가 차에 타라고 하는 말은 지금 제가 처한 믿기지 않은 상황 중 가장 믿기지 않았습니다.

그래도 일단 차에 타 보기로 했습니다. 1분을 넘게 고장이 난 우산을 접느라 낑낑대는 것마저 기다려 주셨고 저는 살면서 처음으로 아예 생면부지인 일가족과 함께 차에 탔습니다. 그리고는 지하철이 끊길 수도 있으니 제가 말한 역이 아닌 제가 사는 곳 거의 근처까지 가서 내려다 주고 가셨습니다. 세상이 완전히 지옥이 아닌 것은 아직도 이런 사람들이 있기 때문인 것 같습니다. 저는 일상을 살다 이따금 그 기적과 같은 이름도 모르는 일가족들을 위해 기도합니다. 감사했습니다.

울산

울산은 현대중공업의 진원지라서 공업의 메카로 불리고요. 김태희 님을 배출한 도시답게 미인이 많습니다. 근방에는 바다가 있어서 해산물이 신선하며 고래 축제가 매년 열려요. 그런데도 전 이 도시를 별로 좋아하지 않아요.

몇 년 전부터 혼자 서울에서 살고 있습니다. 그 전에는 울산에서 태어나고 자랐습니다. 그래서 가끔 가족들이나 지인들을 보러갈 때는 울산에 갑니다. 만나러 갈 사람들이 다수이고 저는 혼자이니 어쩔 수 없이 제가 가는 게 맞겠죠. 그래서 기분이 좋지 않습니다. 돈과 시간 때문이 아니에요. 왜 항상 내가 움직여야 하는지에 대한 불평 또한 전혀 아닙니다. 저는 그저 고향인 그 도시가 싫습니다. 울산이라는 도시에 발을 들여놓는 순간 저는 하루도 빼놓지 않고 어리석었던 제가 생각납니다. 울산의 이 거리 저 거리에 온종일 병신같이 굴었던 제 모습이 보입니다. 나를 기억하고 있는 자들이 있는 한 나는 변할 수가 없습니다. 그

말엔 제 자신도 포함됩니다. 서울을 벗어나 울산에 가면 불가항력적으로 나는 나를 기억하기 시작합니다.

저는 그래서 제가 태어나고 20년을 넘게 살았던 그 도시를 싫어합니다. 그래서 서울에서는 꽤 오랫동안 머물 것 같습니다. 여긴 나를 기억하는 사람들이 없고 나는 예전의 나를 만나지 않아도 되니까요. 언젠가 실수로 이곳이 싫어지게 되더라도 상관없습니다. 아직 도망칠 도시는 많으니까요.

N번째 우주

애니메이션 〈러브 데스 로봇〉 중에 가장 좋아하는 에피소드가 '목격자'인데요. 매번 돌려 볼 때마다 생각나는 니체의 이론이 하나 있습니다. 바로 '영원 회귀'인데요. 이 이론의 요지는 우리가 삶을 다 살고 죽고 나면 기억을 잃고 또다시 똑같은 삶을 다시 살게 된다는 것이에요. 이 이론을 처음 접했을 때는 너무 무서웠습니다. 그럼 난 이 추악한 삶을 대체 몇 번째 살아 내고 있는 것인지에 대해 상상을 하기 시작하자마자 속이 메스꺼워집니다. 빅뱅 이후 우주가 탄생하고, 행성들이 구축되고, 지구에서 인류가 나타나고, 인류와 태양계가 멸망하고, 엔트로피가 끝에 도달해 버려서 우주가 아예 끝나 버리고, 다시 빛이 있으란 선언과 동시에 우주가 시작되고, 우리는 또 사랑을 하고 상처를 받고 취업을 해야 해서 자격증 공부를 합니다. 완전히 똑같이요.

우리의 삶과 우주는 지금 몇 번째일까요? 그건 모르겠지만 똑같이 반복되고 있다는 것만은 알고 있습니다. 어차피 일어날 일

들은 일어난다는 것도 알아 버렸습니다. 그렇다면 이 삶을 받아

들이는 수밖에는 없겠네요.

당신의 말은 항상 옳습니다

현인과 군자는 지극히 소수입니다. 그 소수들도 어쩌면 어진 이들이 아닐 수도 있습니다. 슬기로운 것과 통달한 것은 그 기준이 모호하니까요. 그래서 우리의 주위에 바보가 아닌 자들은 없습니다. 나도 그렇고 너도 그렇습니다. 이 말은 맞다고 생각했던 내 생각이 틀린 것일 수도 있고 맞다고 생각했던 당신의 생각도 틀린 것일 수도 있다는 말입니다. 그래서 언쟁이라는 것은 언제나 무의미합니다. 세상에서 가장 쓸데없는 에너지 낭비죠. 오로지 말로 교화시킬 수 있는 타인은 어디에도 존재하지 않습니다.

저는 그래서 신흥 종교가 당신을 구원할 거라는 사람에게 당신의 말이 옳다고 합니다. 지금 이 분야에 투자해야 인생이 바뀔 거라는 사람에게 당신의 말이 옳다고 합니다. 네가 계획한 인생 경로는 반드시 망하는 길이라고 하는 사람에게 당신의 말이 옳다고 합니다. 광주에서 일어난 민주화 운동이 폭동이라고 하는 사람들에게 당신의 말이 옳다고 합니다. 위안부에 투입된 여성들이 자발적이었다고 주장하는 사람들에게 당신의 말이 옳다고 합니다. 이태원에서 죽은 159명의 분들을 두고 놀러 갔다가 죽은 것들이니 애도할 필요 없다고 하는 사람들에게 당신의 말이 옳다고 합니다.

저는 저와 다른 생각을 하는 자들에게 당신의 생각이 옳다고 말합니다. 굳이 말을 섞어서 아까운 시간을 낭비하지 마세요. 그저 당신의 말이 옳다고 해 주고 가던 길을 가세요. 그들은 어차피 타인의 말에 절대 관철되지 않습니다. 기억하세요. 나와 생각이 다른 자들을 굳이 상대하지 않을 수 있는 마법의 주문입니다. "당신의 말은 항상 옳습니다."

살다가 벽을 마주했을 때

화려한 손기술보다는 게임 한 판의 그림을 그릴 줄 아는 지략으로 팀을 진두지휘했던 한 프로게이머가 있었습니다. 덕분에 이 사람이 속해 있던 팀은 매 리그마다 상위권에 머물러 있었습니다. 우승 경력도 있었고요. 그런데 어느 날 갑자기 은퇴를 합니다. 이유는 본인이 있으면 팀이 더 높은 곳으로 올라가지 못할 것 같다는 판단을 했다고 합니다. 안타깝지만 이와 같은 생각을 하는 팬들도 종종 있었습니다. 그리고는 곧 그 게임의 해설자로 길을 옮겼습니다.

그의 선수 생활은 2년이었지만 해설자 생활은 이제 10년이 다 되어 갑니다. 그 게임의 큰 대회들은 그의 목소리가 없으면 어색하고 심심한 지경에 이르렀습니다. 그러다 언젠가 그가 프로게이머 은퇴를 했던 진짜 이유를 말했습니다. 그 당시에 데뷔한 지 얼마 되지 않았지만 기세가 심상치 않은 어떤 한 팀이 있었는데 도저히 이길 수 없을 것 같아서 두려웠다고 합니다. 그 팀엔 '페

이커'가 있었습니다. 그는 곧 세계 최고가 될 유망주라는 벽을 마주해 버렸지만 뚫지 않고 그저 비켜가기로 했던 것입니다.

우리는 벽을 마주했을 때 뚫을 생각이 없는 자를 두고 '나약한 젊은이' 같은 수식어를 붙여 왔습니다. 벽을 뚫다가 지쳐서 도태되면 손 내밀어 줄 것도 아니면서 말이죠. 살다가 벽을 마주했을 때 부수려고, 넘어가려고, 뚫으려고 노력하지 않아도 됩니다. 그의 행보를 보면 그 벽을 그냥 잘 비켜 갈 줄 아는 것은 현명한 것이라는 생각을 해 봅니다. 삶이란 어떻게든 나아가면 되는 것이니까요. 우리 어리석게 지치지 맙시다. '클라우드 템플러'라는 한 남자처럼요.

옥탑방

뭐라도 좀 해 봐야겠다 싶어서 독립을 했습니다. 서울의 망원동이라는 동네에 작은 옥탑방을 하나 구해서 혼자 살게 된 지 벌써 5년이 다 되어 갑니다. 둘이 살기엔 좁고 혼자 살기엔 딱 좋은 이 공간에서 저는 엄마가 도맡아 했었던 청소를 하고 저렴한 주방세제 고르기에 열중합니다.

누군가에게 혼자서 옥탑방에 살고 있다고 말하면 춥고 더운 것에 취약하지 않냐고 묻습니다. 저는 에어컨과 보일러가 있어서 불편하지 않다고 말합니다. 실제로 큰 문제없으니까요. 또 자주 묻는 것들에 대해 답하자면 5년 동안 바퀴벌레는 3마리밖에 나오지 않았습니다. 물론 주기적으로 트랩을 설치하긴 했지만요. 모기가 꽤 있긴 하지만 모기장과 전기 모기 채가 아주 큰 도움이 됩니다. 그래도 아예 물리지 않는 것은 아닙니다.

그리고 옆집이라는 개념이 없어서 새벽에 힙합 음악을 크게 틀어도, 직장 동료들이 집으로 쳐들어와 90년대 록발라드를 합창해도 항의가 들어온 적은 없습니다. 물론 아랫집에는 얼굴 모르는 이웃이 살긴 하지만 바닥을 쿵쿵 찧어 대도 뭐라고 하신 적은 없습니다. 정말 들리지 않는 건지 아니면 이해심이 바다만큼 넓으신 건지는 아직도 모르겠습니다. 만약 나중에라도 후자라는 것을 알게 되었다면 언젠가 이사 갈 때 인사를 드리고 갈 생각입니다.

또한 흡연자이신 분들은 담배도 눈치 보지 않고 피울 수 있습니다. 그저 문 하나만 열면 그 건물의 옥상이니까요. 눈앞의 풍경은 담배를 더 맛있게 만들어 주기도 합니다. 그리고 자기혐오를 품고 사는 사람들이 거울을 보며 큰 소리로 욕지거리를 하며 소리를 질러도, 비가 오는 날에 문을 열고 나가 마음껏 비를 맞아도 이상하게 볼 사람들이 없습니다. 옥탑방은 도시의 외딴섬이니까요.

대부분 첫 자취 공간으로 옥탑방에 대해서 걱정이 많은 것 같은데 여기 꽤 괜찮습니다. 세상의 모든 자취생들을 응원합니다.

말할까 말까

뚫린 입 때문에 우리는 말이라는 것을 합니다. 노련하다는 것은 말해도 되는 것과 말하지 않는 것을 구별할 줄 앎을 뜻하지 않나 싶습니다. 노련해지는 과정 중에 어떤 말들은 내뱉어도 되는 것인지 아닌지 혼동을 하기 마련입니다. 저는 그럴 때마다 '양수'라는 인물을 떠올립니다.

삼국지를 읽어 본 적 없더라도 '조조'라는 이름은 많이 들어 보셨죠? 양수는 조조의 참모 중 한 명입니다. 어느 날 어떤 땅을 두고 상대와 한창 전투 중이던 조조는 저녁으로 차려진 닭의 갈비를 먹으며 고민에 빠집니다. 이 전투에서 이겨 봤자 큰 이익은 없는 것 같지만 상대에게 줘 버리자니 아까운 것입니다. 마치 지금 먹고 있는 살이 많지 않은 닭의 갈비처럼요.

고민에 한창 빠져 있을 때 그의 장수가 오늘의 암구호는 무슨 단어로 하면 좋겠냐고 묻습니다. 조조는 닭의 갈비를 뜻하는 '계륵'으로 하라고 답합니다. 장수로부터 암구호를 전해 들은 양수는 그 함의를 그대로 알아차립니다. 곧바로 군사들에게 퇴군 지시를 내립니다. 그 광경을 뒤늦게 본 조조는 깜짝 놀라 누가 멋대로 퇴각 준비를 하라 했느냐고 화를 냅니다. 양수의 지시인 것을 알게 된 조조는 그에게 의도를 물었습니다. 그리고는 자신의 생각을 정확히 읽은 양수에게 속으로 감탄하였으나 동시에 최종 지휘관의 허락도 없이 퇴군 명령을 내려 버린 그를 참수하였습니다. 양수는 굳이 해도 되지 않을 언행을 하였고 그 대가를 치렀습니다.

무언가 알아 버렸을 때 그대로 말해 버리는 것은 허영심이고 일단 말하지 않는 것은 지성이라는 교훈을 주는 일화입니다. 어떤 것을 말해야 되나 말아야 되나 고민이 들 때는 일단 말하지 않는 것이 좋을 것 같습니다.

전쟁을 쉽게 입에 담는 자들

가끔 '콜 오브 듀티' 시리즈를 플레이합니다. FPS인데요. '카운터 스트라이크'나 '레인보우 식스'와 같이 세계적으로 유명한 총싸움 게임 중 하나입니다. 신나게 상대를 죽이다가 실수로 게임 오버가 되면 까만 화면에 명사들의 격언이 일시적으로 나타납니다. 그걸 딱히 주의 깊게 보는 플레이어들은 많이 없습니다. 당연하게도 온 신경이 이번엔 죽지 않고 미션을 깨는 것에만 몰려 있기 때문이죠. 저도 그렇습니다. 그런데 화면에 표시되는 그 많은 명언들 중에 유독 어떤 한 문장이 잠깐 게임을 벗어나 현실감을 느끼게 만듭니다.

알바 동료들과 쉬는 시간에 이야기를 하다가 여지없이 망해가는 우리나라를 살릴 방법에 대한 담론의 화두가 던져졌습니다. 세 명 이상이 모이면 한 명은 항상 급진적이기 마련입니다. 그런 사람들이 해결책이랍시고 내놓는 것은 전쟁으로 그 망해가는 국가를 초기화시켜서 다시 일어나면 된다고 말합니다. 나는 전쟁을 겪어 본 적이 없는 세대이고 얘기하고 있는 사람들도 분명 내 또래들인데 말이죠.

전쟁은 외교의 최후 수단이 아닙니다. 애초에 전쟁은 인류적으로 기이하고 비정상적이라서 수단 자체가 되면 안 됩니다. 총알이 뇌를 뚫는 게 어찌 방법이 될 수 있습니까? 단검으로 배를 가르는 것이, 폭탄이 터져 눈과 피부가 찢겨 나가는 것이, 인간이 완전한 도구가 되는 것이, 일생과 이름을 잃고 주체가 퇴색되어 수뇌부의 로봇 청소기 따위로 전락하는 것이, 개죽음이 좀 더 나은 미래를 위한 희생과 순직이라는 거짓말로 그치는 것이 어찌 어떤 목적을 위한 하나의 방식이 될 수 있을까요?

인간은 멍청해서 땅에 선을 그었습니다. 그렇게 몇 번의 천 년이 전쟁으로 점철되었기에 찬란한 문명이 이뤄졌다는 것을 우리는 압니다. 그렇다고 전쟁은 당연하지 않습니다. "전쟁을 겪어본 적 없는 이들에게 전쟁은 매우 신나는 일이다." '콜 오브 듀티'에서 플레이어가 죽게 되면 화면에 나타나는 말들 중 하나입니다. 전쟁을 겪어 보지 않은 자들은 감히 전쟁을 쉽게 입에 담지맙시다. 그건 전쟁을 겪었던 자들에 대한 예의가 아닙니다.

적어도 두 개는 할 줄 알아야 해

게임 실력이 도무지 오르지 않아서 고수들의 강의를 찾아봤습니다. 게임에 있어서 손은 발이나 다름없던 제게 그나마 도움이 되었던 조언은 하나의 캐릭터만 고집하지 않아야 한다는 말이었습니다. 하나만 잡고 주구장창 숙련을 해 봤자 그 캐릭터를 다른 사람에게 뺏기거나, 캐릭터의 메커니즘상 근본적으로 상대하기 까다로운 캐릭터를 만나거나, 내 캐릭터가 팀의 조합과 어울리지 않을 때가 종종 있기 때문이라는 것이 그 이유였습니다. 그들은 말합니다. 적어도 두 개의 캐릭터는 할 줄 알아야 한다고요. 이후로 저는 몇 개의 캐릭터를 더 연습했고 등급이 아주 조금 올라갔습니다.

적어도 두 개는 할 줄 알아야 한다는 것은 하나에만 집착하지 않아야 한다는 말과 같습니다. 가진 것이 없을 때 우연히 얻은 하나는 작고 소중합니다. 태어나서 살다 보면 우리는 자연스레 어떤 하나를 얻게 됩니다. 화를 못 내는 착한 나이거나, 특정 정치 성향을 갖게 된 나이거나, 채식주의자인 나이거나, 동성을 좋아하는 나이거나, 어떤 종교만이 인류의 길이라고 생각하는 나이거나, 인권보다 동물권이 더 중요한 나이거나, 남성 또는 여성이 더 우월하다고 생각하는 나를 얻습니다. 노력하기 싫은 자들은 또 다른 하나를 더 가지려는 것보다 갖게 된 하나를 갈고 닦는 것에 몰두합니다. 그게 훨씬 쉬우니까요. 남들한테 없는 것을 가졌다는 오해, 스페셜리스트가 되었다는 착각은 어떤 하나를 품에 소중히 간직한 채 빽빽 소리를 질러 대는 추한 괴물을 만듭니다.

적어도 두 개 이상의 캐릭터를 연습하지 않은 게이머는 레벨을 올리기 어렵고, 적어도 두 개 이상의 생각을 하지 않는 자의 말들은 들어 주는 것이 어렵습니다. 가진 것이 없을 때 쉽게 얻은 것들은 언제든지 버려도 되는 것들이니 하나의 생각을 더 하면서 삽시다. 그래야 흉하지 않습니다.

답답하면 니들이 뛰든지

언젠가 어떤 축구선수가 악플러들의 비난에 못 이겨 자신의 SNS에 한 문장을 게시했습니다. 그리 거창한 말은 아닙니다. 답답하면 니들이 뛰라고 했습니다. 정말 그렇게 썼습니다. 경솔한 발언이죠. 더군다나 그는 당시에 국가대표였으니까 더더욱 하면 안 되는 말이었고요.

그런데 이것 참 곱씹을수록 민트 향이 나는 말입니다. 오지랖이 폭풍처럼 몰아치고 호들갑이 홍수처럼 쏟아져 주둥이들이 둥둥 떠다니는 물바다가 되어 버린 기괴한 세상에서 답답하면 니들이 뛰라는 말은 10년이 넘어도 단물이 빠지지 않는 명문이 되었습니다. 자격 없이 훈수를 남발하지 않고, 비전문가가 전문 분야에 대해 미련한 유추와 뒤틀린 확신을 갖지 않을 때가 돼서야 비로소 답답하면 니들이 뛰라는 말의 향과 맛이 탈색되는 때가 아닌가 싶습니다. 그 사람의 행동이 답답하면 그 사람과 똑같이 뛰어 봅시다. 이해라는 것은 그렇게 시작됩니다.

어질러진 것의 안정감

책상 위엔 옷으로 된 무덤이, 방바닥에는 퀴퀴한 이불과 만화책이, 한 달을 공들여서 마침내 완성했던 모형 함선은 진짜 풍화가 된 듯 어느새 반쯤 부서져 있고, 피규어는 먼지에 감겨 굴러다니며, 흰색 가구의 여백이란 여백에는 전부 정체 모를 낙서가 되어 있습니다. 손과 발은 움직이지만 저는 옷을 옷장에 넣지 않고, 만화책을 책장에 꽂아 두지 않고, 모형 함선을 다시 조립하지 않고, 피규어를 물티슈로 닦지 않고, 가구의 낙서를 지우지 않습니다. 정돈이란 것이 없는 공간, 4평이 안 되는 내 방에 들어서자마자 나는 언제부터인지 궁극의 안정감을 느낍니다. 이 어질러진 것들이 제자리로 가 버리면 그게 진짜 어질러진 것이 되어 버립니다.

방과 나는 1입니다. 1은 단수이지만 1이 아닌 자연수는 모두 복수이니 청소를 하기 시작하면 2가 되어야 하는 압박감을 느낍니다. 정리를 시작하면 영원히 복수로 나아가야 하는 삶이 시작

될까 두려워서 나는 나도 모르게 내 방을 일부러 망가뜨립니다.

죽지 못해 살기로 했고 독립을 했습니다. 이제 옷을 옷걸이에 걸어 두고 방바닥의 잡화를 서랍에 넣고 밥을 먹으면 바로 설거지를 합니다. 그런데 이불은 개지 않습니다. 나는 여전히 어질러진 한구석을 마련합니다. 오로지 안정적인 것보다는 착란이라는 선에 발가락 하나를 살짝 얹어 놓는 것이 더 안정적이니까요. 언제든 단정한 사슬을 벗어던질 준비를, 1로 돌아갈 채비를 해 놓는 것은 나의 타고난 습관입니다. 내 이불이 어질러져 있거든 정리하지 말아 주세요.

위약 효과

좀 쉬고 싶어서 알바를 그만뒀습니다. 이참에 남들 다 해 본다는 PT나 받아 볼까 해서 집에서 제일 가까운 헬스장으로 갔습니다. 두 달쯤 지났을까요. 나름 열심히 따라갔지만 생각만큼 살이 빠지지 않아서 답답한 마음에 담당 트레이너 선생님께 조언을 구했습니다. 그는 원론적인 답변을 몇 가지 늘어놓은 후에 마지막으로 조금 구체적인 원인을 하나 제시했습니다. 제가 남성 호르몬이 부족한 것일 수도 있다는 겁니다. 그럴 듯하게 들려서 일단 집으로 돌아와 마늘, 장어, 굴 등의 성분이 들어 있어서 남성 호르몬을 촉진시켜 준다는 보충제들을 주문했습니다.

그렇게 몇 개월 정도 복용했더니 신기하게도 정말 남자다워지고 있다는 느낌을 받았습니다. 지금 내 혈관에는 테스토스테론이, 척수 신경에는 마초이즘이 흐르고 있다는 생각을 하기 시작한 찰나에 저는 뜬금없이 밤공기에 북받치고, 방금 꿨던 제대로 기억나지도 않는 꿈 때문에 자다가 오열을 하고, 길거리에서

재잘대는 아이를 보며 실소가 터지고,『슬램덩크』극장판을 보다가 '송태섭'이 마침내 존 프레스를 돌파해 버릴 땐 그만 입을 틀어막으며 흐느끼고 말았습니다. 분명히 약을 먹기 전에도 웃지 않고 울지 않았던 것들이었습니다. 아무래도 트레이너의 가설이 맞았던 모양입니다. 복용량을 늘려야겠습니다.

자의식 과잉

가진 것이 없으면 대개 자존감이 떨어지죠. 그런데도 어떻게든 살아 보려고 티끌 같아서 보잘것없는 긍정들을 긁어모으는 자들이 있습니다. 그게 어느 정도 적당히 모인다면 다행히도 저 인간의 자신감은 근거가 없다는 수군거림에 그치게 됩니다. 그러나 그것이 임계점을 넘는다면 마침내 자의식 과잉에 도달합니다. 그건 세상에 둘도 없는 파렴치한 괴물을 만듭니다. 이상과 현실의 괴리감이 도가 지나쳐서 이미 이상의 언저리에 위치하고 있다는 착각을 해 버리기에 모두가 나에 대해 알고 싶어 할 거라는 망상을 하고 비범하고 인상 깊은 인간이라는 것을 드러내는 것에 급급하여 범상치 않은 말과 행동을 골라서 하고는 역시 자신은 특별하다며 자위합니다. 타인의 눈엔 그저 기행을 하는 병신일 뿐인데 말이죠.

어제까지의 나를 스쳤던 모든 사람은 유일무이한 괴물을 겪었습니다. 나는 어떤 일에도 과장해서 의미를 부여하지 않으면 움직일 수 없었다는 변명만을 되풀이합니다. 감히 용서를 구하기에도 부끄럽고 사과를 할 사람들이 너무 많아서 아무도 만날 수가 없습니다. 대신 저는 어느 순간 갑자기 눈을 질끈 감거나, 책상을 찍으며 욕지거리를 내뱉거나, 감히 내 앞에서 부끄럼 많은 생애를 보냈다는 '오바 요조'를 조소하느라 잠에 들지 못하는 저주에 걸렸습니다.

주변인에게 몇 년을 걸쳐 셀 수 없이 민폐를 끼친 후에야 자의식 과잉을 자각합니다. 알기 전에는 당연히 치료할 수 없습니다. 아무것도 없으면서 특별한 사람이 된 것 같다면 거기서 잠깐 멈춰야 합니다. 병리적으로 그 생각이 대부분 자의식 과잉의 새싹입니다.

살색 테이프

힙합을 좋아한다는 이유를, 좋아하는 작가가 했다는 이유를, 나는 남다르다는 것을 한눈에 즉각 들어오게 표출하고 싶다는 이유를, 유니폼을 입는 일을 하거나 고리타분한 삶을 살지 않겠다는 배수진의 표식이 필요하다는 이유를, 만만하게 보이기 싫다는 가지각색의 어리석은 이유들을 만들어 어깨와 손목에 타투를 새겼습니다. 세상이 빠르게 변해 가니 인식도 이미 바뀌었다는 믿음이 기저에 깔려 있었으니 고민은 그리 길지 않았습니다.

이후로 몇 년간 여러 직종에서 알바를 했습니다. (그리고 거의 모든 사장님들은 저에게 타투를 가릴 것을 요청하였습니다.) 처음엔 혼자 인식이 바뀌었다는 착각을 한 것인지, 타투는 반드시 역겨운 문화로 남아야 한다는 X세대의 밀약과 가스라이팅인지 헷갈리기 시작했습니다. 몸에다 마음대로 그림을 그릴 수 있는 자유를 추구하는 것은 꽤 합리적인 것 같은데 말이죠.

그런 생각을 하며 뾰로통하게 홍대입구역 근처를 걷던 어느 날 얼굴과 목에 잔뜩 문신을 한 남자를 마주치고 불현듯 생각했습니다. 얼마든지 타투를 해도 되는 자유가 존재한다면 타투를 얼마든지 부정적으로 볼 수 있는 자유도 존재하는 것이 맞지 않냐는 생각을요.

　제 크로스백에는 필수품만 들어 있습니다. 핸드폰, 지갑, 담배, 단우산, 메모장 그리고 살색 테이프를 꼭 넣어 놓고 다닙니다. 타투를 불결하게 보는 사람들의 자유를 침해하지 않기 위해 몇 달에 한 번 근처 약국에 들러 살색 테이프를 챙깁니다. 나의 자유를 위해 당신의 자유는 존중받아야 하니까요.

나를 안다는 것은 반면교사를
더 찾기 쉽다는 것

나를 알고 너를 아는 것은 백전백승이라고 하니 나를 알아가는 것은 눈 감을 때까지 싸워야 하는 우리에게는 참 중요한 여정인 것 같습니다. 지피지기는 『손자병법』에 등장하는 고사성어이니 언뜻 거창하게 다가오겠지만 군사를 지휘하는 능력의 필요성이 비교적 빈도가 낮은 시대이니만큼 나를 아는 과정과 이유는 지금으로선 그리 거시적이진 않습니다.

예를 들어 내가 무심코 대화 중에 같은 말을 반복한다는 것을 '알고 있다면' 나처럼 같은 말을 반복하는 상대방과의 대화를 통해 그것이 얼마나 사람을 피곤하게 만드는지 알게 되고, 내가 과한 배려를 자주 한다는 것을 알고 있다면 나와 같이 과한 배려를 하는 상대방을 통해 그게 얼마나 타인을 피곤하게 하는지 알게 되고, 내가 평소에 과장된 어투를 사용한다면 나와 같이 과장된 어투로 상황을 흐릿하게 만드는 것이 얼마나 역겨운 일이었는지 알게 되고, 내가 평소에 커피와 담배를 달고 산다면 나와 같이 커피와 담배를 달고 사는 사람을 통해 내 구취가 얼마나 지독한지 알게 됩니다. 나를 안다는 것, 나를 인지하고 있다는 것, 병식이 되어 있다는 것은 반면교사를 찾는 레이더가 깨어 있는 내내 활성화되어 있다는 것입니다. 내가 평소에 뭘 하고 다니는 인간인지 알고 있다는 것은 이리도 사소하였습니다. 너와 싸우기 전에 나를 먼저 압시다. 그래야 백 번 싸워서 백 번 이긴다고 하니까요.

만약 이름을 또 바꿔야 한다면

대부분 자신이 키우고 있는 게임 캐릭터의 육성 방향이 도중에 생각과 조금 달라졌을 때는 그 캐릭터를 삭제하고 처음부터 다시 시작합니다. 이미 잘못되어 버린 것을 고치는 데 더 많은 노력이 필요하니 차라리 그 편이 낫습니다. 냉정하지만 효율적이죠.

나라는 인간은 어느새 능력치가 잘못되었다는 것을 알았습니다. 삭제를 하고 다시 키울 수는 없습니다. 현실 세계에서 삭제라는 것은 죽는 것이니까요. 뭔가 뾰족한 방법이 없을까 오랫동안 생각해 보았습니다. 그러다 개명을 떠올리고 무릎을 쳤습니다. 이전의 나를 죽이고 새로운 이름으로 그전에 없었던 새로운 의지와 새로운 고민을 하며 살 수 있는 유일한 길이었습니다. 이제 이름을 정해야 합니다. 온갖 세련된 이름들을 공책에 나열하면서 개명에 대해 알아보다가 우연히 두 번째 개명부터는 심사가 좀 더 까다로워진다는 정보를 읽었습니다. 생각을 해 봤습니다. 만약 이름을 한 번 바꾼 후에도 거듭 멍청하게 살아 버리면 어떡해야 하나, 그때는 또 이전의 나를 죽여야 하는데 그건 너무 번거로운 일이 아닌가, 그렇다면 나는 이름을 몇 번이나 바꿔야 이상하지 않은 인간이 될 수 있는 건지에 대한 의문이 꼬리에 꼬리를 물기 시작했습니다. 그러다 문득 예전에 봤던 드라마 〈비밀의 숲〉의 한 대사가 떠올랐습니다.

이제 갓 검사장의 자리에 오른 남자가 강당에서 검사들에게 말합니다. "최근에 불미스러운 일로 인해 책임을 통감하고 나는 검사장의 자리에서 물러나겠다." 그러자 한 부장검사가 그에게 일갈합니다. "책임을 지려면 그 자리에서 지십시오. 사과를 하려면 그 자리에서 하십시오."

그는 그 자리에서 물러나는 것은 사과를 하는 것도, 책임을 지는 것도 아니라고 말을 합니다. 사과를 하거나 책임을 지기 전에는 도망치면 안 된다는 말을 합니다. 그 자리에서 잘못을 했다면 그 자리에서 해결을 해야 한다고 말을 합니다.

이름을 바꾸지 않기로 했습니다. 도망가지 않기로 했습니다. 그 이름으로 해 왔던 것의 모든 반작용들은 고작 이름을 바꾸는 것 따위로 소멸될 일이 아니었습니다. 그 자리에서 책임을 질 줄 모르고 사과를 할 줄 모르면 다른 자리에서도 할 수 없습니다. 그렇다면 태어날 때 가졌던 이름을 죽을 때도 가져가야겠습니다.

왜 그러세요?

A가 어떤 상황에 맞닥뜨렸습니다. A가 살아왔던 환경과 기억 속에 의거한 연산법으로 대처법을 도출합니다. 그때 옆에 있던 B가 묻습니다. "왜 그러세요?", "왜 그런 말을 하세요?", "왜 그런 행동을 하세요?"

B의 눈엔 결괏값만 보입니다. 수식은 보이지 않습니다. 갑자기 눈앞에 나타난 답은 당연히 이해하기 어렵습니다. 그러나 A에겐 당연합니다. 수식이 보였으니까요. 그래서 B는 A의 답을 뜬금없게 여기고 A는 B의 질문이 느닷없게 다가옵니다. 그래서 수식이 보이는 것과 안 보이는 것의 차이가 사람의 충돌을 야기합니다.

타인을 이해하려면 수식을 봐야 합니다. 지금 당장 보지 못하더라도 언젠가 수식을 알게 되는 순간 애초에 난제라고 불릴 게 아니었던 것이 됩니다. 각자는 각각의 수를 가지고 있기에 같은 수를 얻어도 다른 답이 나옵니다. 그러니까 검산도 하기 전에 지금 왜 그러시냐는 질문은 시기상조라는 거죠.

전생과 환생

전생에 무슨 죄를 지어서 이런 기구한 인생을 살고 있는지에 대해 한탄하는 것을 듣자면 무슨 말을 하는 건지 잘 모르겠습니다. 다음 생에도 내 사랑이 되어 달라고 말하는 것이 무슨 의미가 있는지 모르겠습니다. 전생과 환생은 없습니다. 설령 있다고 하더라도 전생의 나는 내가 아니고 다음 생의 나는 내가 아닙니다. 자아와 인격을 구성하고 정립하는 것은 오로지 기억입니다.

테세우스의 배의 부품을 하나도 빠짐없이 전부 교체하더라도 테세우스의 배로 남을 수 있는 것은 그것이 테세우스의 배라고 기억하고 있는 자들에 기반한 정체성 때문입니다. 나는 오로지 나의 기억으로 만들어집니다. 전생을 기억하지 못하니 전생의 나는 타인입니다. 현생의 기억을 다음 생으로 가져갈 수 없으니 다음 생의 나는 타인입니다. 현생의 나의 과오와 업보를 남에게 떠넘기지 맙시다. 내가 한 실수이니 남 탓을 하지 맙시다. 지금 나의 잘못은 지금 나에 의해 발생했습니다.

프리스타일

일단 글을 쓰겠답시고 컴퓨터 앞에 앉은 뒤 한글 프로그램을 켭니다. 오늘은 뭘 써야 할지에 대해 구상하는 척을 하다가 유튜브를 켭니다. 지금 내가 알아야 하는 것과 전혀 상관없는 영상들을 이것저것 눌러 봅니다. 유익하지 않을 거라면 재밌기라도 해야 하는데 딱히 그렇지도 않습니다. 그런데 정신을 차려 보니 벌써 1시간이 다 되어 갑니다. 이 망할 유튜브만 없었다면 세상의 모든 창작자들이 작품을 내놓는 속도가 두 배는 빨라졌을 겁니다.

'무라카미 하루키' 작가님께서는 다음 날 원고지를 구겨 버릴지언정 하루에 정해진 분량은 반드시 채운다고 들었습니다. 그래서 저도 따라 해 보고 있긴 합니다. 근데 무라카미 하루키 작가님이 스스로 정하신 하루 분량은 원고지 20매 분량이고 제가 스스로 정한 하루 분량은 글자 크기 13포인트로 3줄이라는 큰 차이가 있네요. 근데 양이 어떻든 뭐 지키고 있다는 게 어디입니까? 그치만 몇 글자도 안 되는 글을 쓰기 전에 벌써 1시간을 허

157

비했다는 것이 자괴감에 들게 하네요.

이제 2시간이 다 되어 가는데 오늘따라 너무 쓸 말이 없네요. 의자 등받이를 최대로 젖히고 이럴 거면 그냥 누워 있는 게 낫지 않나 싶을 정도로 기대어 있다가 '드렁큰 타이거'의 곡 중 〈Monster〉의 가사 중 일부인 "난 창작의 고뇌, 창작의 노예"라는 구절만 반복해서 중얼거립니다. 그리고는 마치 뭐라도 된 것마냥 '하, 이것이 예술을 하는 자의 시련이란 말인가.'라고 생각하며 어처구니없는 꼴값을 떨다가 1분도 안되어 다시 유튜브를 켭니다. 몇 년 전에 봤던 힙합 프로그램이 알고리즘에 걸렸습니다. 흥미롭게 봤던 예전 기억을 떠올리며 재생합니다.

동영상 속의 래퍼들은 사전 정보 없이 현장에서 무작위로 즉각 제공한 제시어만 가지고 즉석으로 가사를 만들어냄과 동시에 그 즉시 마치 미리 써 놨던 가사처럼 라임까지 맞춰 랩을 합니다. 그들은 이 문화를 '프리스타일'이라고 불렀습니다. 드디어 영감이 떠올랐고 한글 프로그램을 다시 켰습니다. 그렇습니다. 사실 이 문단은 첫 문장부터 프리스타일이었습니다. 그러니 계속해서 프리스타일로 써 보겠습니다. 그런데 프리스타일은 힙합을 그렇게 좋아하지 않더라도 이제는 웬만한 사람들은 다 알고 있는 문화입니다. 그러나 제대로 알고 있는 사람은 드뭅니다. 사실 프리스타일은 현장에서 즉석으로 만들어 낸 랩을 칭하는 것이 아니라 '정해지지 않은 주제'를 말합니다. 그러니까 미리 쓴 가사인가 아닌가는 상관이 없습니다. 프리스타일 랩 배틀이 대중에게 전달된 후 미리 쓴 가사보다 즉흥적인 랩이 더 대단하다고 느껴지게 되었지만 이와 반대로 초창기의 올드스쿨 아티스트들은 생각나는 대로 랩을 하는 것을 인정하지 않았습니다. 심지어 그건 작사 능력이 떨어지는 래퍼들의 발악 같은 것으로 치부하였죠.

그러나 우리는 아무거나 받은 재료로 갓 지어 낸 한 편의 시가 참 신기합니다. 물감을 붓에 묻혀 도화지에 뿌리듯 글자를 흩날리는데도 그림이 되는 것이 경이롭기 그지없습니다. 정해지지 않은 주제를 프리스타일이라고 불렀으나 이제 즉흥적인 랩을 프리스타일이라고 부르는 것은 그저 그게 더 즐겁기 때문입니다. 때로 근본과 전통은 더 즐거운 것 앞에선 큰 의미가 없게 됩니다.

주제를 정하지도 않고 일단 컴퓨터 앞에 주구장창 앉아 있다 보니 글이 써지긴 써집니다. 글을 쓰기 힘들다고 징징대는 글을 쓰다가 프리스타일의 어원에 대해 얘기하게 되는 것은 분명히 3시간 전의 계획엔 없었습니다. 그런데 어차피 사람이라는 것이 계획한 대로 기능하지 않는다는 것을 우리는 이제 알고 있지 않습니까?

군이 '의식의 흐름'이라는 표현이 존재하던데 어차피 의식은
살아 있는 한 끊어지지 않으니 인간은 모두 의식과 의식 사이에
서 헤엄치다 잡은 물고기로 영감의 빈틈을 채워 내는 존재입니
다. 그러니 프리스타일로 살지 않는 사람이 없는 거죠.

프리스타일의 어원이 정해지지 않은 주제라고 말씀 드렸습니
다. 주제가 도저히 정해지지 않는다면 일단 마이크를 잡아 봅시
다. 뭐라도 내뱉어 봅시다. 그럼 당신의 생각보다 빨리 당신의
작품 하나가 나올지도 모릅니다. 다시 말하지만 어차피 인생은
프리스타일이니까요.

넌 이 짓에 중독된 거야

#1. 가장 가까웠던 사람의 숨겨진 과거를 알게 되자 분개한 '존 왓슨'이 소리칩니다. "왜 내 주변에는 이런 사람들만 꼬이는 거야?" 옆에서 그 말을 듣던 '셜록 홈즈'가 말합니다. "자네가 그런 사람들을 자신도 모르게 자석처럼 끌어당기는 거야. 자네가 그런 사람들에게 중독된 거지."

#2. 출중한 실력을 가졌지만 유유자적한 삶을 살고 싶어서 은퇴를 한 킬러가 동네에서 우연히 엮여 버린 갱단에게 자신이 기르던 개와 차를 뺏기고 어쩔 수 없이 복수를 하기 위해 다시 총을 집어 듭니다. 그 과정을 거치다 만나게 된 악당 중 한 명은 그에게 이런 말을 합니다. "존 윅, 넌 이짓에 중독된 거야, 복수에."

각각 드라마 〈셜록〉과 영화 〈존 윅〉에 나오는 한 장면입니다. 존 왓슨은 원하지 않던 사람들을, 존 윅은 원하지 않던 상황을 마주합니다. 그런 그들에게 주변인이 하는 말은 참 이상합니다. 그건 당신이 그것에 중독되었기 때문이라고 합니다. 원하지 않는 것에 중독된다는 이 어불성설을 대체 어떻게 해석해야 할까요? 답은 간단합니다. 이 두 남자는 '원하지 않은 척'을 하고 있던 겁니다. 심지어 자신은 진심으로 이것을 원하지 않고 있다고 착각을 하고 있기까지 하죠.

원하지 않는 것에 중독되었다는 것은 천성, 저주, 팔자 등으로 치환되어 불리기도 합니다. 그런 류의 단어들은 대단히 파괴적이라서 벗어날 의지가 싹트는 것마저 묵살되어 버립니다. 그래서 순응합니다. 순식간에 이것이 내 운명이었다며 인정을 해 버립니다.

살면서 자꾸 원하지 않던 사람들이, 원하지 않던 상황들이 끊임없이 나타나나요? 그건 사실 당신이 어느새 그것에 중독되었기 때문일 수도 있습니다. 그러니까 그건 애초에 당신의 운이나 살 따위가 아니었습니다. 벗어나고 싶다면 벗어날 수 있는 것일지도 모릅니다.

두 번째 부탁을 들어준 이유

중국은 먼 옛날 '한'이었습니다. 또 언젠가 한은 세 개의 나라로 나눠졌습니다. 그중 하나인 '촉'의 주인이었던 '유비'가 새파란 청년일 때의 일화입니다.

개울을 건너야 집을 갈 수 있는데 다리가 보이지 않습니다. 유비는 어쩔 수 없이 바지가 젖지 않게 추켜올리고 조심스럽게 개울을 건넙니다. 겨우 다 건넜더니 방금까지 있었던 건너편에서 한 노인이 그를 부릅니다. 나도 이 개울을 넘어가야 하는데 혼자서는 갈 수 없으니 자기를 업어서 데려가 달라는 겁니다. 심지어 어투가 상당히 무례합니다. 유비는 하는 수 없이 되돌아갑니다.

이번엔 노인을 등에 업고 다시 한번 개울을 건너갑니다. 노인을 등에서 내려 주고 감사의 인사를 기다리는데 이번엔 노인이 갑자기 짜증을 냅니다. 자신의 보따리를 실수로 놔두고 왔으니 다시 한번 건너가자는 겁니다. 유비는 그냥 혼자서 갔다 오겠다고 말합니다. 노인이 "야 인마, 니가 그걸 들고 튈 수도 있는데 내가 뭘 믿고 너를 혼자 보내냐? 잔말 말고 나를 다시 업기나 해라."라며 역정을 냅니다. 유비는 슬슬 짜증이 났지만 군말 없이 노인을 업고 다시 건너서 보따리를 노인의 손에 쥐어 주고 또 다시 개울을 건넙니다. 노인을 내려 주고 이번엔 정말 고맙다는 말을 듣기를 기대합니다. 그런데 노인이 전과 다른 진지한 표정을 하곤 그에게 묻습니다. "그냥 갈 수도 있는데 왜 두 번째 부탁까지 들어준거냐?" 유비가 노인의 질문에서 예사롭지 않은 기운을 느끼고 자신도 그에 맞춰 대답합니다.

"두 번째 부탁을 들어주지 않았다면 첫 번째 부탁을 들어드렸던 수고마저 그 값어치를 잃게 되기에 그랬습니다."

삼국지에서는 이 유비의 태도를 '인의'라고 표현합니다. 칼을 뽑았으면 무라도 썰어야 하는 것은 인의이고 뭐라도 할 것처럼 호기롭게 칼을 뽑았으나 다시 칼을 집어넣는 것은 인의가 아닌 것이죠. 한 번 무언가를 시작했을 때 끝까지 하지 않고 도중에 멈춰 버리면 지금까지 해 왔던 것들의 의미도 사라지기에 유비는 노인의 두 번째 부탁마저 들어드렸습니다. 첫 번째 부탁을 들어드렸으나 두 번째 부탁을 들어드리지 않았다면 나는 노인의 부탁을 들어드렸던 적이 있다고 말할 수 없게 되는 것이죠. 그러니까 지금 무언가를 시작했다면 끝을 한 번 보시죠. 그게 인의니까요.

다른 것과 틀린 것

너무 많은 사람들이 다른 것과 틀린 것을 구분하지 않습니다. 첫 번째로 문제가 조금 가벼운 예시 하나가 있고, 두 번째로 문제가 큰 예시가 하나 있어요. 우선 첫 예시는 길이가 다른 연필 두 개가 있습니다. 이것을 표현할 때 이 두 개의 연필의 길이는 다르다고 말해야 할 것을 이 두 개의 연필은 길이가 틀리다고 말합니다. 그래도 이건 그리 큰 문제가 되지 않습니다. 알아들을 때 큰 오류가 생기진 않으니까요. 그래도 언어는 약속이니 개선하면 좋겠죠.

두 번째 예시입니다. 상대방과 어떤 주제를 놓고 대화를 하는데 그 상대방의 생각이 나와 많이 다른 것을 느낍니다. 그리고는 생각합니다. '이 사람의 생각은 틀린 것이다.' 이건 첫 예시보다는 문제가 큽니다. 자신과 사상, 철학, 가치관, 신념이 다른 사람에게 틀린 사람이라고 치부해 버리는 것은 모든 사람들이 한 가지 생각으로만 움직이는 세상을 추구하는 독재자들의 사고와

다를 것이 없습니다. 70억 명이 똑같은 생각을 하는 세상은 지구가 아니라 지옥이니까요,

길이가 다른 연필을 두고 길이가 틀리다고 말하고, 나와 생각이 다른 사람을 두고 생각이 틀리다고 말하는 사람들이 너무 많습니다. 'different'와 'wrong'을 혼동하면 발작을 일으키는 우리는 어느새 '다르다'와 '틀리다'를 구별하지 못합니다. 아마 너무 어릴 때 배워서 뜻을 잊어버렸나 봐요.

섭리를 거스르는 사람들

너는 안경을 벗으면 지금보다는 덜 못생겼을 거라는 말에 혹해서 무작정 강남의 유명한 안과에 갔습니다. 검사를 받았는데 각막이 얇아서 라식과 라섹은 할 수 없다고 합니다. 대신 렌즈삽입수술은 각막의 두께에 영향을 받지 않으니 할 수 있다고는 하는데 라식이나 라섹의 수술비보다 무려 5배 정도 비쌉니다. 생각도 못 한 금액에 잠깐 고민을 하다가 어쩔 수 없이 수술비를 지불하고 수술 날짜를 잡았습니다. 눈 안에 넣어야 하는 특수 렌즈를 제작하는 기간 때문에 약 4개월 뒤에 수술을 할 수 있다고 합니다.

수술일이 되었습니다. 눈알에 마취약을 주입하고 눈알에 볼펜으로 어떤 표시를 하고 눈을 깜빡거리지 못하게 무언가로 고정을 하고 눈알을 온갖 수술 도구로 찔러 대는 그 과정을 겪고 있자면 저는 당장이라도 있지도 않은 비밀 요새의 위치와 우리 동지들이 꾸미고 있는 혁명의 계획들을 불어 버리고 싶어집니다. 그런 생각들을 하고 있던 찰나 적군의 사령관이, 아니 의사 선생님께서 따뜻한 음색으로 수술이 잘 끝났으니 조심히 일어 나라고 말해 줍니다. 그리고는 이제 내일부터는 안경 없이 생활 이 가능할 거라고 합니다. 저는 인사를 하고 잠깐 휴식을 취한 후 병원을 나섰습니다.

기대를 안고 다음 날 아침에 눈을 떴습니다. 어제 수술을 하 지 않은 줄 알았습니다. 병원에 전화를 하고 상황을 말했습니 다. 재수술을 하기로 했습니다. 수술이 끝나자마자 간호사님께 서 실수로 눈꺼풀을 조금 세게 눌렀고 렌즈가 돌아갔습니다. 3 분도 안 되어 다시 수술대에 누웠습니다. 수술이 끝났고 다음 날 이 되었는데도 세상에 선명하게 보이는 것들이 없습니다.

이번엔 의사 선생님과 상담을 했습니다. 백 명 중에 한 명꼴 로 눈 안에서 렌즈가 돌아가는 사람들이 있다고 하는데 그게 저 랍니다. 이번엔 난시용 렌즈가 아닌 근시용 렌즈를 삽입한 후에 남은 각막을 이용해 라섹을 할 거라고 합니다. 근시용 렌즈는 돌 아갈 일이 없다고 합니다. 또 수술대에 누웠습니다. 이제는 그 끔찍한 수술 중에도 오늘 저녁을 뭘 먹어야 하는지에 대해 생각 하는 지경에 이르렀습니다. 수술이 끝나고 다음 날 아침이 되었 습니다. 안경을 벗으면 집 앞의 편의점도 가지 못하던 저는 이제 안경을 벗고 바이크를 타고 도로로 나갑니다. 병원에 전화해서 라섹은 굳이 하지 않아도 될 것 같다고 얘기했습니다. 이제 나의 삶에 아침에 일어나자마자 안경을 찾아야 하는 일은 없게 되었습니다.

초등학교에 입학하기 전부터 안경을 썼던 기억이 납니다. 그러니까 나의 눈은 타고나기를 선명하게 세상을 볼 수 없게 설계되었던 것입니다. 그게 나의 섭리였습니다. 선천적으로 낮은 시력으로 사는 인간이어야 하는 자연과 우주가 배열해 낸 섭리 말입니다. 그런데 세상에는 그 섭리를 거스르는 일을 하는 사람들이 있습니다. 나를 수술대에 4번이나 눕혀서 기어코 이 인간의 남은 삶을 안경에 의존하며 살지 않게 하겠다는 일념으로 나의 눈알을 쑤셔 대는 그 사람들에게 섭리 따위는 그다지 중요한 것이 아니었습니다. 세상에는 섭리를 가지고 태어난 사람들이 있고 그 섭리를 거스르려는 사람들 또한 존재했습니다. 그 섭리를 거스르려는 의지가 무의미한 시간 안에 진보라는 의미를 속속들이 구겨 넣습니다.

안과 의사만 섭리를 거스를 수 있다는 말이 아닙니다. 섭리를 거스를 수 있는 유일한 종족이 인간인 것입니다. 온갖 위대한 것들에 대항하려는 트랜스휴머니즘은 오만하더라도 숭고하지 않을 이유가 없습니다. 한번 거슬러 버려야 할 것들을 찾아봅시다. 그대는 인간이기에 그렇게 할 수 있습니다.

불공평하다고 말하기 전에

〈피지컬 100〉이라는 프로그램을 봤습니다. 종목에 관계없이 육체적으로 난다 긴다 하는 사람들 100명이 모여 누가 가장 뛰어난 신체를 가졌는지 겨뤄 보는 서바이벌 프로그램인데요. 근육의 볼륨감과 미적인 요소를 강조하는 운동만 하는 사람들도 있고, 좀 더 무거운 무게를 들기 위한 훈련만 하는 사람들도 있고, 지구력에 좀 더 중요성을 두는 사람들도 있고, 올림픽에서 금메달을 획득하기 위한 운동만 했던 사람들이 있고, 사람을 구하거나 자국을 지키기 위해 자신을 채찍질해 왔던 사람들도 있었습니다. 그래서 그들 100명의 몸은 얼굴과 지문처럼 각각 다르게 생겼습니다.

그들은 모두 다른 몸을 가졌지만 같은 미션을 부여받고 수행합니다. 같은 철봉에 매달려서 누가 더 떨어지지 않고 오래 버티나 겨룰 때도 나와 쟤는 몸무게가 다르니 불공평하다고 말하지 않고, 남성과 여성이 일대일 매치를 하더라도 쟤는 남자이고 나는 여자이니 불공평하다고 말하지 않고, 2톤의 배를 10명이서 밀어야 할 때도 저쪽 팀은 힘 센 사람들이 더 많으니 불공평하다고 말하지 않고, 원형 트랙을 달려야 할 때도 나는 지금 갈비뼈에 부상을 입었으니 불공평하다고 말하지 않고 뛸 수 있을 때까지 뜁니다.

다른 몸을 가졌지만 같은 미션을 해 나가는 그들은 나와 저 사람이 다른 몸을 가졌다고 해서 불공평하다고 말하지 않습니다. 그러나 우리는 때로 저 사람과 나의 출발선이 다르다고, 부모님의 재력이 다르다고, 타고난 외모가 다르다고, DNA가 다르다고 해서 경기를 하기도 전에 불공평하다고 말합니다. 뛰지 않아야 한다는 선택지밖에 없는 것이, 노력해야 한다는 선택지가 없는 것이 편한 것이겠죠.

불공평하다고 말하기 전에 일단 철봉에 매달리고, 100kg의 공을 언덕 위로 옮겨 봅시다. 철봉에서 떨어지더라도, 공을 굴리다 쓰러지더라도, 결국 이기지 못하더라도 박수는 받을 수 있습니다. 시작도 하기 전에 불공평하다는 말을 남발하는 것은 그렇지 않겠지요.

역류에는 순류로

나는 남들의 시선을 의식하지 않는 인간이라는 것을 호소하며 다니면서도 실상은 그렇지 못했습니다. 신경 쓰지 않으려 해도 주변인이 나를 어떻게 생각하는지에 대해 예민하였고 조금이라도 오해가 생길 여지가 감지되면 눈치부터 살피며 내가 방금 했던 언행에 대해 부연 설명마저 해 버렸어요. 묻지도 않았는데 말이죠.

그 누구든 나에 대해 마음대로 생각을 하는 것이 그렇게 싫었습니다. 그래서 나에 대한 말을 뒤늦게라도 해야 하는 것이 악습이 되어 버렸습니다. 궁금하든 아니든 그런 건 신경 쓰지 않았죠.

그러나 저는 이제 누군가 물어보기 전까지는 저라는 인간에 대해 먼저 말을 하지 않습니다. 특별한 계기가 있었던 것은 아니에요. 누군가 나에 대해 묻지도 않았는데 나에 대해 말을 한다는 것은 세상에서 가장 한심하고 메스꺼운 에너지 낭비라는 것을 어쩌다 보니 알았습니다. 어떤 사람이 다른 어떤 사람에 대해 자유롭게 생각을 할 수 있다는 것은 사실 당연한 것이니까요.

드라마 〈미생〉에 이런 대사가 있었습니다. "누군가 역류를 일으키면 순류로 받아쳐라. 그게 상대방에게는 역류가 된다." 내가 나대로 하는 것은 순류입니다. 누군가 그것을 마음대로 생각하는 것은 역류입니다. 그 역류를 걱정해서 나의 순류를 멈추는 것은 그 사람에게 휘둘리는 꼴밖에 더 되지 않습니다. 그러나 마음대로 생각하게 두고 그대로 나의 순류를 유지하는 것은 오히려 상대방에게 역류가 됩니다.

변수는 시작되고 나서 풀어도 늦지 않습니다. 변수가 무서워 예방부터 하는 것은 끝까지 정수만 두는 것보다 좋은 결과를 가져다주지 않습니다. 저는 요새 쓸데없는 데 시간과 에너지를 쓰지 않으니 확실히 좀 편안하네요.

나쁜 사람들의 능력

세상에는 나쁜 사람들이 있습니다. 나쁜 사람이니 본받을 것도 없고 얻을 것도 없습니다. 그런데 세 살 먹은 아이의 말도 귀담아들을 때가 있다고 합니다. 그렇다면 나쁜 사람들에게도 배울 것이 있나 봅니다. 그런데 나쁜 사람의 것들을 갖고 오려다 들키면 곤란하겠죠. 그러니까 얌체처럼 빼먹고 빠지는 겁니다. 예를 들어 사이비 종교의 교주가 인간의 심리를 어떻게 저렇게 잘 이용하는지 알아내어 얌체처럼 빼먹고 빠져서 거래처 직원을 상대할 때 써먹어 보고, 히틀러가 얼마나 말을 잘하길래 그 언변으로 최고 지도자의 자리에 올랐는지 알아내어 얌체처럼 빼먹고 빠져서 자신의 스타트업을 함께할 사람들을 모아 보고, 일제의 만행을 부정하며 한국을 혐오하는 일본 작가들의 작품을 보고 예술적 영감을 얌체처럼 빼먹고 빠져서 창작 활동에 도움을 받아 보는 식인 거죠.

어떤 나쁜 사람들은 능력이 있습니다. 그러니 그들에게 빼먹을 것이 있다면 얌체처럼 빼먹고 빠지는 겁니다. 나쁜 인간들을 무작정 욕하기보다는 그들이 가진 것을 얌체처럼 빼먹는 게 차라리 낫습니다. 나쁜 인간들의 것을 빼먹다가 나쁜 인간이 되는 것과 선한 영향력을 끼치는 인간이 되는 것을 판가름하는 것은 어차피 나의 그릇만이 결정합니다. 그러니 자신이 있다면 당당히 비난을 하고 뒤에서 조용히 빼먹으면 되겠지요.

에세이스트의 자격

성공을 하려면 아침에 일찍 일어나야 한다는 말 따위는 듣기 싫었습니다. 그래서 보다 생소한 글들을 갈구했습니다. 그런데도 지인이 폭력은 필요악이라는 말을 하기에 마지못해 쓴웃음을 지어 버렸고, 결혼이 합법적인 매춘이라는 '메리 울스턴크래프트'의 글을 읽었을 땐 당장 눈을 씻어 내고 싶었고, 부모는 노후를 위해 당신을 낳았다는 '마루야마 겐지'의 글을 읽었을 땐 거의 기함을 했습니다. 그렇다면 저는 사실 성공을 하려면 아침에 일찍 일어나야 한다는 식의 얘기들을 좋아했나 봅니다. 그러나 누구나 할 수 있는 말들을, 듣기 좋은 말들을, 희망을 주는 말들을 엮은 책들이 가득한 서점을 상상하자면 시체 썩는 냄새가 나는 꽃동산 같은 것 말고는 떠오르지가 않습니다.

희소성은 곧 가치입니다. 세상에 거의 없는 것일수록 가치가 있기 마련입니다. 누구나 할 수 없는 말을, 오직 그 인생을 살았던 사람만이 할 수 있는 말을, 알고 있지만 무서워서 입 밖에 꺼

낼 수 없었던 그 말은 역겹더라도 가치가 있습니다. 그리고 그 말들을 엮는 사람들이 에세이스트의 자격이 있는 자들인 것이죠.

어떤 한 명과 다른 어떤 한 명은 똑같은 글을 쓰지 않습니다. 그렇다면 어떤 한 명과 다른 어떤 한 명은 서로에게 에세이스트가 됩니다. 반대로 말하면 그 둘이 똑같은 글을 써 버리는 것은 전봇대나 담벼락을 마주 보고 말을 하는 것과 같은 거죠. 그래서 저에게 에세이스트들은 사람들이 참 읽기 거슬리는 글을 쓰는 자들입니다.

허무주의에 관한 간단한 고찰

이제는 하도 많은 사람들이 궁금해하여 입 밖으로 꺼내기도 새삼스러운 자유란 무엇인가에 대해 생각해보았습니다. 허무주의가 그나마 그 답에 가까워 보였습니다. 찰나에 경도되었고 잠깐 실천해 보았습니다. 그러다 보니 어차피 죽을 거면서 생에 열중하는 사람들이 한심해 보이기도 하였습니다. 배를 긁으며 누워서 저 멀리 달려가는 사람들이 지평선을 넘어가는 것을 지켜보는데도 불안하지 않으니 드디어 나는 허무주의를 발판으로 삼아 열반의 경지에 올라 버렸다는 생각을 하며 허구한 날 잠이나 잤습니다. 이불 안에서는 마침내 허무주의로 극복을 쟁취해 버린 자유주의자가 되어 버렸다고 착각한 패배주의와 쾌락주의를 호르몬으로 삼은 번데기만이 꿈틀대고 있었습니다.

허무주의를 자유로 귀결해 보겠다는 꾀는 기발합니다. 그만큼 위험합니다. 영리하다면 걷다가 돌부리를 만났을 때 그 돌부리를 신경 쓰지 않게 되지만, 그렇지 않다면 돌부리에 걸려 넘어진 다음 이왕 이렇게 된 거 일어나지 않아도 되겠다는 발상을 합니다. 어떤 것을 허무하게 바라볼 것이냐는 선택의 차이는 결과를 양극단으로 나눕니다. 아마도 무엇을 허무하게 봐야 하는지 평생을 고찰해야 하니까 인간은 죽을 때까지 완전히 자유로울 수 없다는 생각을 해 봅니다. 그렇다면 허무를 장전하고 올바른 타깃을 겨냥해 맞힐 때마다 자유의 조각을 하나씩 얻는 일련의 과정이 인생인 것 같습니다. 허무하게 바라봐도 될 것들을 찾아봅시다. 그게 자유의 시작일 테니까요.

사상의 무게

한 인간이 하나의 사상을 얻기 위해서는 많은 시간과 경험을 할애해야 하는 것처럼 보입니다. 그리고 그 무게가 무거워 하루 종일 어깨를 짓누르고 있는 것처럼 비춰집니다.

한국 전쟁 때의 일화입니다. 중국은 포로로 잡아 둔 미군들을 공산주의자로 만들고 싶었습니다. 그런데 사람의 생각을 바꾼다는 것은 많은 노력을 들여도 거의 불가능에 가깝습니다. 그러니까 중국은 갖은 고문과 악랄한 협박을 수반하더라도 가능성이 희박한 과제를 떠안은 거죠. 심지어 그냥 생각도 아니고 무려 사상을 바꾸는 일이니까요.

그런데 중국은 인두나 물이 담긴 양동이, 손톱을 뽑는 도구 같은 것이 아닌 과자와 담배, 펜과 종이를 준비합니다. 그리고는 포로로 잡힌 미군에게 펜과 종이를 쥐어 주고 공산주의의 이점에 대해 쓰라고 시켰습니다. 그걸 써 낸 미군은 과자와 담배를 받았습니다. 그리고 그들은 얼마 지나지 않아 정말 공산주의 사상을 갖게 되었습니다.

원리는 간단합니다. 적들이 신봉하는 사상의 이점을 고작 담배와 과자를 얻기 위해 써내어 버린 박쥐가 되는 것보다는 차라리 진짜로 사상을 바꿔 버리는 것이 마음이 편한 것이죠. 그럼 나는 고작 담배와 과자 때문에 사상을 팔아 버린 일 따위는 처음부터 없게 되어버립니다. 그러니까 나는 아마도 처음부터 공산주의자였던 거죠.

한 인간이 하나의 사상을 얻기 위해서는 많은 시간과 경험이 아닌 담배 몇 갑과 과자 몇 봉지로 충분합니다. 그래서 어떤 사상의 무게는 몇 그램입니다. 그러니까 당신과 나의 사상 중에 어떤 것은 언젠가 헐값에 팔아 버렸던 것일지도 모르겠네요.

영화관은 망하지 않는다

텔레비전이 처음 세상에 나왔을 때 할리우드는 사람들이 영화관을 더 이상 찾지 않을까 봐 위기감을 느꼈습니다. 코로나가 퍼졌을 땐 영화 산업의 근간이 흔들렸습니다. '넷플릭스'의 콘텐츠가 풍부해지기 시작할 무렵엔 영화관이 망할 수도 있겠다는 추측을 하는 사람들이 적지 않았습니다. 그런데 영화관은 아직 망하지 않았습니다.

고작 〈탑건: 매버릭〉 한 편은 영화관이 망하면 안 되는 이유가 되었고, 고작 〈아바타: 물의 길〉 한 편은 다시 한번 영화관의 존재 가치를 증명했습니다. 세상에 태어나는 수많은 영화들 중 고작 몇 편이 영화관을 절대 망하지 않게 만듭니다. 영화관은 텔레비전이 등장하는 순간부터 위기에 처했고 수십 년이 지난 지금 아직도 영화관은 살아 있습니다. 전기 차 때문에 석유 산업은 곧 사양길을 걷고, AI가 곧 인간의 직업을 거의 소멸시킬지도 모른다고 들었습니다. 그러나 우리가 예측하는 미래의 그림 중 어떤 것들은 고작 두어 번의 붓질로 없던 일이 되어 버릴지도 모른다는 생각을 해 보았습니다. 왜냐면 영화관은 아직도 망하지 않았으니까요.

할 수 있는데 하지 않는다면

사람은 고유합니다. 그래서 각자 가지고 있는 것이 다릅니다. 태어날 때부터 가지고 있기도 하고, 역경을 헤쳐 마침내 손에 쥐기도 하고, 의도하지 않았지만 우연히 얻어 내기도 합니다. 그런데 그것을 쓰는 사람들도 있지만 쓰지 않는 사람들도 많습니다. 이유는 다양합니다. 가진 것이 눈에 보이지 않기도 하고, 가진 것을 괜히 써 보았다가 별거 아닌 것을 가지고 있었다는 사실을 알게 될까 봐 두렵기도 하고, 이런 것을 가지고 있다는 것을 알고 있기만 해도 만족하기도 하고, 가진 것을 썼다가 더 힘들어질까 봐 애써 외면하기도 합니다.

가진 것을 쓰는 것도, 쓰지 않는 것도 개인의 자유입니다. 그러나 이 문제에 관한 하나의 진리가 존재합니다. '쓸 수 있는데 쓰지 않는 것은 낭비'라는 것이죠. 간단히 말해 할 수 있다면 하는 것입니다. 할 수 있는데 하지 않아서 생기는 일들은 나의 책임이 될 테니까요.

영화 〈캡틴 아메리카: 시빌 워〉의 한 장면입니다. 한 히어로가 다른 히어로에게 너는 어쩌다 사람들을 도와주기 시작했냐고 물었습니다. 그가 대답합니다. "특별한 능력을 가졌는데 그걸 쓰지 않아서 나쁜 일이 일어나면 마치 제 책임인 것 같아요."

문제를 삼지 않으면
문제가 되지 않는데도

드라마 〈더 글로리〉의 '박연진'이라는 인물은 나쁜 사람입니다. 어쩌다 그녀의 실체를 알아 버린 그녀의 남편이 정말 나쁜 짓을 한 적 있었냐며 추궁을 합니다. 그럴 때마다 그녀가 하는 말들은 경이롭습니다. "기어이 그 상자를 열어 버렸기 때문에 실망한 건 나다.", "지키려고 했던 그것을 다 까발려서 깨부순 건 오빠다."라는 말들로 받아치죠.

세상에는 많은 박연진이 있습니다. 그들은 문제를 삼지 않으면 문제가 되지 않는데 문제를 삼아 버리는 자들이 문제라고 여깁니다. 굳이 고위직의 카드 장부를 들춰 봐서 횡령 사실을 들추는 직원들이 문제이고, 굳이 자신이 속한 조직과 정재계의 부적절한 유착 관계를 도려내기 위해 언론에 제보를 하는 내부 고발자들이 문제인 것입니다. 문제를 들추는 자들이 문제라고 생각하는 이유는 간단합니다. 가만히 놔두면 문제가 되지 않을 수도 있기 때문입니다. 어차피 문제가 되지 않는 것들은 문제를 삼아도 문제가 되지 않는데 말이죠.

정의로운 자는 공기처럼 떠다니는 문제에 문제라는 이름을 붙여 불러 주는 자를 뜻합니다. 세상에 박연진의 남편처럼 '기어이 그 상자를 열어 버리는, 지키려고 했던 그것을 다 까발려서 깨부수는 오빠들이' 더 많아졌으면 좋겠습니다. 정의는 오직 그런 자들로 유지되는 거니까요. 문제를 일으키는 자들이 문제이고 문제를 삼는 자들이 문제를 소양하려던 자였던 것은 예나 지금이나 변하지 않는 진리였습니다.

답이라고 생각했던
그 모든 것들이 결국 과정이었을지라도

사막에서 바늘을 찾아다니듯, 서울에서 김 서방을 찾아다니듯, 삶에 있어 답을 찾으려 했습니다. 그날 찾았던 정답은 다음 날엔 오답이 되었고, 지난주에 답을 찾았다고 떠들고 다녔던 것은 다음 주에 족쇄가 되었으며, 지난달에 들고 다녔던 답은 다음 달에 괴물을 만들어 냈고, 작년에 확신했던 그 모든 것들은 결국 스스로를 불신하게 만들었고, 여태까지 답이라고 생각했던 그 모든 것들은 결국 과정 따위로 무너져 내렸습니다.

이쯤 되면 답이 없는 곳에서 답을 찾고 있다는 깨달음을 얻을 때가 됐는데도 나는 오늘 또 나의 답을 찾아내었습니다. 답이라고 생각했던 그 모든 것들이 결국 과정이었을지라도 나는 오늘 그 답을 나의 답이라고 여기고 살아가면 되는 것입니다. 내일, 다음 주에, 다음 달에, 내년에 오늘의 답이 결국 과정이 되어 버릴지라도 말입니다.

당신이 오늘 찾은 답은 정답입니다. 오답이 되어 버릴 때까지는 오롯이 정답일 것입니다. 일기장에도 거짓말을 쓰는 것이 인간이니 우리는 스스로에게 진리를 찾기는 묘연해 보입니다. 그러니 그저 정답이라고 여기면 정답이 되겠습니다. 저는 과정이 되어 버린 답들을 발자국으로 삼으며, 오늘 찾은 정답으로 내일들을 더할 나위 없이 살아 내겠습니다.

라스트 댄스

생각이 어질러져 있었습니다. 조금 많이 어질러져 있어서 머리가 아플 지경이었습니다. 정리를 해야 했습니다. 글을 쓰다 보니 정리가 좀 되는 것 같았습니다. 정신을 차려 보니 책 한 권 분량의 글이 빼곡하게 쓰여 있었습니다. 잘됐다 싶어서 그 글들을 엮어 내었습니다. 그래서 그 책은 세상에서 오직 나만 읽을 수 있는 책이었습니다.

별 생각 없이 TV를 틀었습니다. 토크쇼였던 것 같습니다. 어떤 유명한 작가님이 읽기 어려운 글은 잘 쓴 글이 아니라고 말하는 장면이 흘러나왔습니다. TV를 끄고 잠깐 서성이다 단말마의 비명과 같은 욕을 내뱉고 다시 컴퓨터 앞에 앉았습니다. 저는 알고 보니 글을 쓴 적이 없었습니다. 그래서 이제라도 글이란 것을 써 봐야겠다고 생각했습니다. 이 책은 그렇게 나왔습니다.

언제부터인지는 모르겠습니다. 군이 죽지 않아도 되는 사람들이 죽는 세상이 되었습니다. 저는 알바를 하며 글을 쓰기에 한

페이지를 완성하는 데 약 일주일이 걸립니다. 고작 이 한 페이지를 쓰는 동안 폭우로 지하차도가 침수되어 사람들이 죽고, 초등교사가 학교 안에서 스스로 목숨을 끊었고, 구명조끼를 입히지 않고 대민지원에 투입시켰다가 해병대원 한 명이 죽고, 대낮에 사람이 많이 다니는 서울의 어느 동네 길거리에서 20대 남성이 모르는 사람에게 칼에 수차례 찔려 죽었습니다.

법과 행정이 제대로 기능하지 않아 헛구역질을 달고 살아야하는 이곳에선 각자도생만이 그나마 생존 가능성이 조금이라도 높아 보입니다. 녹아내리지 않으려면 지지대가 필요합니다. 저는 그래서 글을 씁니다. 각자의 문장을 척추에 새기고 하염없이 중얼대는 것만이 무너지지 않고 내가 나인 것을 유지할 수 있게 도와준다고 믿고 있습니다.

글이란 것은 너무 많아서 어질러진 생각을 정리하는 데 가장 좋은 청소 도구가 됩니다. 생각을 많이 하는 것이 미련하다고 하는 사람들이 많습니다. 저는 그 말에 전적으로 동의합니다. 그러나 간혹 저처럼 어떤 생각들이 간질이나 심장 마비, 기면증처럼 급작스럽게 찾아오는 사람들이 있습니다. 그런 사람들은 어쩔 수 없이 생각을 정리하는 과정이 필연적입니다.

그러나 저는 이제 이만하면 된 것 같습니다. 생각을 정리하느라 너무 많은 시간을 써 버렸습니다. 조명이 꺼진 무대 위에서 마지막으로 춤을 춰 보았습니다. 늦었으니 이제라도 저는 제가 할 일을 하러 가야겠습니다. 저와 같이 남아 있던 분들도 천천히 정리하고 오시죠. 얼마나 걸릴지 모르겠으니 일단 먼저 좀 일어나겠습니다.

포효

ⓒ 박민식, 2023

초판 1쇄 발행 2023년 10월 20일

지은이   박민식
펴낸이   이기봉
편집   좋은땅 편집팀
펴낸곳   도서출판 좋은땅
주소   서울특별시 마포구 양화로12길 26 지월드빌딩 (서교동 395-7)
전화   02)374-8616~7
팩스   02)374-8614
이메일   gworldbook@naver.com
홈페이지   www.g-world.co.kr

ISBN   979-11-388-2396-8 (03810)

- 가격은 뒤표지에 있습니다.
- 이 책은 저작권법에 의하여 보호를 받는 저작물이므로 무단 전재와 복제를 금합니다.
- 파본은 구입하신 서점에서 교환해 드립니다.